我之谜

[日] 寺山修司 著

张冬梅 译

南海出版公司

目录
Contents

I 自传

3　汽笛
5　羊水
8　呕吐
11　圣女
14　空袭
17　玉音放送
22　我爱美国佬
26　西部剧
30　捉迷藏
33　美空云雀
36　我的村庄
40　十七音
44　老鼠的心，是灰色的
47　寂寞的美国人

50　鬼子母亲
53　家庭游戏
56　有时，就像个没有母亲的孩子
59　穿长靴的男人
62　《死者田园祭》手稿

II　巡演演员的记录

69　巡演演员的记录
73　汗毛浓厚的女形
78　马戏表演
84　空气女的时间志
89　童谣
92　修改手相
95　招魂
98　给影子作画
101　伪造的明信片
103　关于书桌的故事
105　女人还是老虎
108　2分30秒的赌博
112　逃亡一代 Keystone

115 寻找马洛的模样
118 啊，蝙蝠伞
121 会游泳的马
125 旅行结束的时候

(III) 我之谜

129 西班牙启示录——洛尔迦
133 父亲不在——博尔赫斯
137 镜子——达利
144 圣鼠之熵——托马斯·品钦
151 洛克一直在敲门——维斯康蒂
156 圆环状的死胡同——费德里科·费里尼
158 我之谜——雷蒙·鲁塞尔
164 脏器交换说——埃德加·爱伦·坡
169 《猎奇歌》的结构——梦野久作
182 现在，有这样一个男人——《伊势物语》
188 寻找复仇的父亲——塚本邦雄
200 少年侦探团的同学聚会——江户川乱步

207 寺山修司年谱

Ⅰ

自传

汽 笛

1935年12月10日，我出生在青森县北海岸的一个小站，但户籍上登记的出生日期却是1936年1月10日。为什么会有30天的误差？我询问了母亲，得到的回答是："你出生在飞驰的火车上，所以出生地不明。"

我的父亲是一位刑警，经常被派到各地工作。我出生的那段时间，父亲正好辗转于各地之间。但我在火车上出生这件事肯定不是真的。北方的十二月非常寒冷，在那个连空调都没有的年代，马上就要临盆的母亲是不可能乘坐蒸汽火车的。不过，我却执着于自己出生在火车上这件事，觉得这是一段传奇经历。因此，我总对人们说："不管怎么说，我的故乡是奔驰的火车。"

订阅了《日本周报》的父亲嗜酒如命，回到家后几乎从不开口说话。在我的印象里，他似乎没有主动和我说过话。

父亲对工作异常热心,听说曾对着一个成了政治犯的大学教授的脸吐唾沫。

我非常喜欢触摸父亲挂在家中墙上的手枪,总觉得那把手枪比任何书都要沉重。父亲有时候会把手枪拆开清洗,之后再重新组装起来。组装好后,不管前方是什么,父亲都会举起手枪瞄准,有时候是我的胸口,有时候是覆盖白雪的荒野。

在那个令我终身难忘的夜里,父亲清洗好手枪后,像开玩笑一样举起手枪瞄准供奉的神坛。母亲吓得脸色苍白,去夺父亲手中的枪,嘴里喊着:"孩子他爸,你要干什么?"神坛上供奉的是天皇的照片。

羊　水

我没有信心说我依然记得自己刚出生时的事情，但有时候明明是第一次走过的路，却总有种"曾经来过这里"的感觉。那条长长的小路，路旁墙壁上映射着影子，路边盛开的不知是虎杖还是毛樱桃……

"这里，我曾经来过。"这是不是我前世的记忆？如果这是自己前世曾经走过的路，顺着这条路走下去，会不会走到今生？我怀着一种夹杂了恐惧和期待的心情，就像曾经存在的自己，和现在存在的自己，都有一颗漂泊的心，在寻求相遇的场所。

我母亲有三个名字——Hatsu、Hide 和秀子，她是私生女。

当时，坂本家的长男龟太郎致力于电影事业，对语言学也造诣颇深，经常做一些美国电影字幕的翻译工作。龟太郎身材瘦高，长得很像路易斯·乔维特，是个很招女人喜欢的美男子。他和女佣偷情时，被父亲发现，女佣被逐出坂本家。那个女佣当时已经怀有身孕，一年后，她将生下来的女婴用报纸包裹好，丢弃在坂本家的麦田里。在麦田里哭泣了一天的女婴，身旁只有一封写着"还给您"的信。这个女婴就是我的母亲，取名Hatsu。

龟太郎的父亲问他："这到底是不是你的孩子？"

龟太郎辩解道："那个女人除了我之外，还有其他男人。这到底是不是我的孩子，谁也不知道。"

由于龟太郎否认Hatsu是自己的孩子，她被送到了一个渔民家作养女。

母亲曾这样讲述自己的幼年时代：

"养父是个渔民，一周至少有五天不在家里。养母总是会带不同的男人回家，或是将我扔在摇篮里，一走就是两三天。

"我看到榻榻米上的玩具，但任凭我在摇篮里如何努力去取，也取不到。这段幼年时代的记忆，让我至今都无法忘记。"

Hatsu就这样在渔民家、旅馆、没有孩子的官吏家……各种不同的家庭里作养女。她逐渐长大，成为一名女学生。这样一个没有朋友、孤独的女学生，用火筷子烧伤了班里最有人气的女同学。大家都说Hatsu有喜欢偷东西的毛病，但她"并不是想要别人的东西，而是因为憎恨那些可以轻易得到想要的东西的人"。离开了女子学校的Hatsu，将自己的名字改为秀子，这既可以说是她想要逃离惨不忍睹的少女时代，也可以说是为了报复自己的出生。

八郎和秀子——我的父亲和母亲组成的这个小小的"家庭",不仅十分贫穷,还像萤火虫发出的蓝光一样灰暗。他们之间没有任何交流,没有温暖,只剩冷淡,似乎燃烧到了尽头。

如果换个说法,那就是"憎恶"。

呕 吐

根据奥斯瓦尔德·斯宾格勒写的《西方的没落》,世界的历史并不是冷冰冰的自然科学,而是以血肉之躯进行告白的世界。在将历史上真实发生的事件,按照正确的因果关系进行整理时,会发现没有一件事可以"碰触真实"。比起真实的存在,"判断现象包含或暗示的内容,并将之再现,为其带来生命,才是历史学家的工作"的想法,更加吸引我。假如"离开的一切只不过是一种比喻",那通过比喻想要讲述什么,才是必须要询问的内容。这是和诗人的工作相似的地方。

为了写自传,我开始打草稿,一边打草稿一边思考:比起接近自然,我的文章更应该接近历史。

> 科学更接近自然,只有诗歌才存在于历史。(《西方的没落:世界历史的透视》)

酒精中毒的父亲，不喝酒时就处于痴傻的状态。和他说话，他也没有反应，只会笑。父亲有些口吃，他在读师范学校的时候，还发生了一件事。课文中有这样一句话："五，将太阳捧到心脏"，父亲无法顺畅地读出 go kokoro ni，而是读成了 go kokokokoko，听起来就像鸡叫。他读了很多遍都没有成功，于是突然间大怒，用自己的衬衫裹住老师的头部，将其痛打了一顿。这件事让很多人发现了父亲残暴的一面。父亲虽然有股蛮力，但是性格十分内向，还患有脸红恐惧症，因此他总是在包里偷偷装着《如何让对方更喜欢自己》这本书。

父亲每次喝醉、觉得不舒服的时候，就会跑到铁轨上去吐。我经常看到火车经过后，枕木上还留有父亲的呕吐物。

我问父亲："为什么不直接吐在家中的洗脸池里？"

父亲像往常一样，没有回答。我看到他那野兽一般的眼睛，注视着铁轨远去的方向。想象列车的车轮碾过父亲的呕吐物，并带着它们奔向远方的场景，突然间感慨不已。

我一直记得和父亲一起玩的"汽笛游戏"。在黑暗的远方，听到火车的汽笛声。

父亲问："上行线？"

我回答："下行线。"

"嗯，我觉得是上行线。"父亲说。

然后我和父亲裹着毯子，打开窗户，在黑夜中屏息，等待着"声音变成形态"。汽笛声告诉我们方向,火车从我们眼前气势磅礴地通过。在我们面前通过的似乎不是火车,更像是沉重的时间。那一刻,我与父亲,不是被爱,而是被夜里奔驰的火车连接在了一起。

  如果血是冰冷的铁轨
  飞驰的列车
  总会在某个时间穿过心脏

圣 女

二战即将结束的时候,因为家里太过贫穷,母亲开始沿街卖花。那个时候,铃兰并不是很流行的花,行情比较差,但母亲还是会在周六坐上火车去古间木。我们穿过一片墓地,爬上山岭,来到铃兰茂盛的地方。

休息时,母亲总会对我说:"要时刻做好父亲出事的准备。"我们将采摘的铃兰带回青森,熬夜捆成束,每束有四五枝。母亲并不爱父亲,但依旧会为不在家的父亲准备一份膳食,放在窗边,供奉他——她将这第三个男人看作是家中的顶梁柱,支撑并守护着我们的家。

每当我放学偷偷去看电影,或是将裤子弄破后回到家,母亲都会狠狠地揍我一顿。母亲做裁缝用的棒子总是放在手边,那也成了惩罚我时用的"鞭子"。也许是母亲的方式太过激烈,因此,站在墙外偷偷看母亲打我,已经成了附近孩子们的一项乐趣。

有些孩子还会特意跑到母亲面前告状，如"修司今天在学校打架，被老师批评了"等等。为了看我挨打，他们会凑到墙外，屏息观看完整版的《家庭的冬天》。母亲每次打我的理由都是"如果你变成坏孩子，我怎么对得起你远在战场的父亲"，但其实她只是为了满足想打我的欲望而已。

她为了报复自己不幸的童年，而找了"教育孩子"这样的理由。尽管如此，也不能说母亲不爱我。母亲有时会像抚摸猫咪一样抚摸我，或是给我买我喜欢看的《少年俱乐部》《少数国人的朋友》。看到我高兴的样子，母亲也会微微颔首。当然，如果我沉浸在书的海洋中，听不到母亲说话，她就会一怒之下烧掉我的书。

我住的地方到车站之间，有一片玉米地，地里有一座已经倾斜的小房子，那里住着一个叫阿笃的痴呆女人，三十多岁，很胖，经常流口水。她没有亲人，一个人住在倾斜的小屋里。晴天的时候，她就盘腿坐在田间，解开腰带抓虱子；雨天的时候，她会躲在小屋里哭泣。

深夜，小屋里有时还会传出呻吟或大笑的声音。那是铁道养护工拿着酒，闯进了小屋。我们这些孩子被禁止在傍晚后接近那座小屋。战争即将结束的时候，我们终于可以接近阿笃了。石桥和我说："你去小屋，假装做出拜一拜的姿势，然后说:'弁天菩萨,请让我看一看吧。'阿笃就会把衣服掀起来让你看。"

第二天,我准备去看看阿笃。我跑到了她住的小屋附近,先在玉米地里暗中观察了一会儿。阿笃正在烤鱼,但闻起来更像烧垃圾的味道。她的小屋里没有灯,因此白天也十分昏暗,屋里还传来了知了的叫声。

阿笃就像《现世物杂志》或《怪物笑传》中的畸形女人一样,肥肥胖胖,脸看起来却年轻可爱。她看着我,就像在看被七草马戏团落下的孩子。她向我微笑的时候,不知道为什么,我突然在她的身上找到了"母亲"的感觉。

就像西条八十①的诗《梦,寂寞的梦》,原来一直在我身边的母亲不是真正的母亲,阿笃才是我的母亲。

我看到阿笃向我招手,就梦游一般慢慢靠近小屋,但我无法说出"弁天菩萨,请让我看一看吧"这样的话,而是像只听话的猫一样,坐在阿笃身后,看着她把鱼烤完。

曙光?

快停下!

一起走这条路吧。

---

① 西条八十(1892—1970),日本诗人、作词家。

空 袭

1945年7月28日,青森市遭遇了一场大规模空袭,死了三万多人。我和母亲在流弹雨中四处躲藏,奇迹般地活了下来,甚至连一点烧伤都没有。

第二天早上,我们回到被烧毁的地方,到处都是烧焦的尸体。母亲看到如此惨状,呕吐不止。我家对面住着青森市市长蟹田实先生一家,他有两个女儿,我总是将她们称作"红色姐姐"和"蓝色姐姐"。

红色姐姐二十岁左右,喜欢穿红色的上衣。蟹田先生家和神社之间有一条一米左右宽的河,河上漂浮着一具年轻的女尸,是被烧死的。可以想象,当整个身体被火包围,由于无法忍受灼热而跳到河里。为了呼吸,她将头露出水面,脸被烧得焦黑,能依稀看出头部的轮廓,脖子以下已经被水泡得浮肿。

尸体被布紧紧地包裹，透过缝隙，可以看到网球拍一样的花纹。我立刻明白，那是红色姐姐。

我忽然发现，在我小时候看到的那幅《地狱图》中，画里有一个人被孤独地留在那里。大火焚烧过后的荒凉原野，到处都是烧焦的死尸。昨夜的空袭如烟花般绚烂，按照"无论人或物，全部都变成了回忆"这句话所讲，存活下来的我，只不过是一段记忆而已。

第一次看到《地狱图》，是在我五岁的时候。那年，到了扫墓的季节，我已经可以背出七草的名称，作为奖励，母亲带我到寺里参观，让我看到了《地狱图》。

那幅古老的地狱图中描绘了无数的地狱，从解身地狱、函量所、咩声地狱，到金掘地狱、弃母地狱。画中的情景，很长一段时间都在我的脑海中挥之不去。

父亲出征的前一晚，我亲眼看到了父亲和母亲交合。在20瓦的电灯下，我看到被子中露出的四只脚，以及红色的内衣。我所目击的性的冲击、寺中的《地狱图》、空袭，这三者成了我少年时代的"三大地狱"。

至今都让我无法理解的是，为什么最为凄惨的空袭留给我的印象反而最浅淡。在莲得寺看到的那幅鲜红色的《地狱图》，画中那个在解身地狱被一刀刀切成块的中年女人（很像母亲）不断悲号。这比我亲眼见到的空袭后的惨状更让我恐惧，到底是为什么？

　　被排斥的、一生都会缺席的、学校地狱里的、弟弟的椅子
　　用腰带来丈量村子的远近，嫁到绸缎庄地狱来的、可怜的新娘
　　藏着蝴蝶尸体的、书店地狱里的书
　　去买新佛坛行踪不明的弟弟，和他的小鸟
　　　　　　　　　　　《死者田园祭》

玉音放送

青森空袭后不到一个月，战争结束了。这场战争以完全超乎想象的方式结束，让我无法理解在这场战争中，我们到底是胜利了还是失败了。

玉音放送播放广播的时候，我正站在废墟上，满是汗水的手里紧握着一只刚刚抓到的雌蝉。蝉在我手中喘息的声音，让我觉得心脏一阵阵疼痛。后来，我曾尝试回忆"握着蝉的是我的右手，还是左手"，但记忆却暧昧不明。

8月15日的玉音放送，是在哪里听到的？对于这个问题，有很多答案。

老师问："你是在哪里听到玉音放送的？"

我甚至有这样一种感觉：问出这句话的人，仿佛想弄明白我是怎么死去的。不过在那个瞬间，我倒也没觉得遇到了危机，并没有严重到让我试图去时间回廊上架起桥梁，思考"我生于何处""我死于何方"。

无论是石桥的"老师,玉音放送开始的时候,我正在厕所大便",还是在玉音放送前的空袭中被烧死的螳螂,都不是他们所谓的战争论或和平论的体现。问题的关键不在于你当时处在什么位置。时间对每个人来说,都以不同的形式流逝,不可能在同一历史潮流中被回收。这便是我领悟到的。

> 捉迷藏
> 我是那个找的人
> 在斑驳的台阶下蒙上眼睛
> 在我蒙着眼睛的那段时间
> 外面可能已经过了很多年
> "可以了吗?"
> 我用年少的声音提问
> 回答我的则是
> "可以了。"
> 一个成年人的声音

我这一生都在捉迷藏中担任找人的角色。为了缩短和同伴们之间的时间差,我一直在不停追赶。但历史总是残酷的,我永远停留在国民学校三年级学生的时间。

户村义子叫着我的名字"修司"。

她是书法学堂老师的女儿。

"战争终于结束了啊。"

"是啊,听说马上就要开始疏散了。"

"我要去古间木了。"

"咱们两个还是没有能做啊?"

"嗯?什么?"

户村义子笑了笑,没有回答我。

"听说,有人看到浜田老师和铃木老师做了哦。"

户村义子的语气充斥着一种罪恶感,于是我立刻明白,她所说的是男女交合之事。

"不过,听说大人做的时候很恶心哦。看来必须在小时候做才可以。"

我很做作地笑了笑。户村义子似乎已经完全被好奇心捕获,就像人生第一次去动物园一样。

"你不想试着做一次吗?"

户村义子问我。我当然想体验一下,不过,这是出于挑战犯罪的好奇心的驱使,而不只是对性的兴趣。

"不试一下就太可惜了。"户村义子继续说。那时,我们两个人都只有十岁。

"那,什么时候?"

"就现在吧。"

"现在?在哪儿?"

"厕所吧。"户村义子提议。烧毁后重新修建的校舍中，只有厕所是木造的，显得非常牢固。

"从里面数第二间，那是老师们专用的厕所，就在那儿吧。你先过去，我随后就到。"

于是，我按照她说的，跑到老师专用的厕所，并从里面锁上了门，耐心等待着。我在某一瞬间还有些担心，就解开了裤子，盯着自己的那里看。尽管不能像父亲那样雄壮，但对只有十岁的我来说，已经足够了。我靠着厕所的墙壁，等待义子的到来。等了十几分钟，我感觉厕所外的时间在飞速地流逝，和我的时间完全不同。终于，我听到越来越近的脚步声。我紧张的双腿开始打颤，喘着粗气紧盯着厕所的门。

门一下被打开。解开裤腰带，弓着身子进来的，是教音乐的户田老师。

"嘿，"户田老师突然叫出声。

"怎么跑到这里来了？"

我一溜烟儿跑出厕所，奔向操场。天空中布满了卷积云，时间似乎静止了，遥远的天空向我伸开双臂，拥抱我。

户村义子，你有按照约定来厕所找我吗？

还是说你只是在玩弄我？

我连确认的时间都没有，第二天就被疏散回了古间木，在那里度过了二十二年的时光。

就好像春风让老人的希望复苏一样,安慰的气息,轻轻吹拂过我的额头。到底,这个人是谁呢?

洛特雷阿蒙《马尔多罗之歌》

我的战后生活就这样开始了……

我爱美国佬

听说美军要进驻古间木，人们都惊慌失措。美军基地将会建在山上的三泽村。站前的寺山餐厅里，人们为了商量对策，召开了"家庭会议"。义人说："美国军人很喜欢和刚认识的女人发生关系，村里的女人必须藏起来。"

"先逃到其他村子吗？"我母亲这样问。"嗯，是的。"义人回答道，"万一你出了什么事，我怎么对得起你远在苏拉威西岛的弟弟？"

关于美军的情报都是负面的，每个人都十分畏惧。即将进驻的山猫部队，听说都是勇猛的士兵，有的是开荒者出身，有的是服刑的囚犯。据说，他们只要见到女人，不管老幼，都会"强奸"。村子里开始传阅一份通知，上面写着"可以女扮男装的就扮男装，可以疏散的人们尽量去山里或其他村子躲藏。必须留在村子里的女人，不要穿裙子，一定要穿长裤"。

车站公共厕所的墙上，画了一根巨大的阴茎，旁边写着"美国男人要来啦"。美军的进驻，对这个小小的村子来说，最可怕的不是政治入侵，而是性入侵。

马上就要到山猫部队进驻的日子了，我很期待那一天的到来，因为古间木的生活单调乏味。美军的进驻，对我来说就像是新生活开始了。忽略村民们的不安，我一个人躺在房顶上，沐浴着遥远的北国的阳光，想着马上就要到来的美军。

关了灯后，屋顶一片漆黑。亮子充满好奇地说："美国男人的那个地方，不知道是不是也长着金毛。"义人一边抽她一边骂："你这个蠢货！"旁边旅馆里长期住着一位叫真石的先生，为了防止意外发生，他特意发明了"贞操带"，看起来就像一块遮羞布，没有人愿意戴上。

第二天是美军进驻的日子。村里的长老小比留卷大叔和青年团的大久保，出发去了供奉天神的山，打算去见住在兵舍里的鹫伍长。我借着要完成采集无霸勾蜓①标本作业的理由，偷偷跟在两人身后，上了山。走过一段明亮的山路，来到战壕里的兵舍。兵舍里光线昏暗，鹫伍长四脚朝天地呼呼大睡，裸露的肚子周围有苍蝇在嗡嗡乱飞。

大久保将鹫伍长晃醒。

小比留卷大叔对鹫伍长说："明天就到了。山猫部队明天

---

①无霸勾蜓是一种原产于日本的蜻蜓。

就要进驻我们的村子了。"

"哦,是吗?"鹫伍长说,"想起来了,就是明天。"

"请听一听我们的请求吧。"大久保说,"村子里所有有志气的人的请求。"

听到这句话,鹫伍长脸色突变,就像是长老和大久保认错了人一样。他谨慎地问:"让我做什么?"

"作为帝国陆军存活下来的一员,"小比留卷大叔说,"作为帝国陆军存活下来的一员,请保护古间木所有的女人,不受那些'鬼畜米英①'的侵害吧。"

鹫伍长的眼睛瞪得圆圆的。小比留卷大叔和大久保嘴上说着"恳请你来保护她们",但眼神里却是"希望你能够承担起这份责任"。那目光里也包含着"我们将生命托付给你们这些帝国军队,你们却打了败仗,背叛了我们"的憎恨。

那天夜里,百合花园被挖了个遍,人们挖出那些已经生锈的机关枪和弹药。大久保拿着手电筒,在微弱的光线中,鹫伍长用一种鄙视的表情哼着歌。

　　难道不觉得很讨厌吗 军队
　　用着金碗和金筷子

---

① "米英"是二战时期日本人对同盟国,主要是美国人、英国人的称呼。多与鬼畜连用,如"鬼畜米英"。

又不是佛祖

这样吃一顿饭不觉得可耻吗

鹫伍长嘴里说着"美国大兵对我来说屁都不如",拿起机关枪向兵舍的暗处不停射击,然后发出一阵大笑。只有十岁的我,实在无法理解那笑声中的含义。第二天早上,人们发现鹫伍长逃跑了,不知逃到了何处。从那以后,人们再也没有见过他。

崭新的时代

无论什么,都是残酷的

阿蒂尔·兰波《离别》

西部剧

山猫部队进驻的日子，总能让我想起西部剧的情景。理发店门前的灯箱停了，所有的餐厅都关了门，站前大街上一个人都没有。空无一物的街上，偶尔有碎纸片飘过，这里就像一座废都，连说话的声音都已经死去。

不过，尽管看不到人，却并不是一个人都没有。古间木的人们，从窗缝里偷偷观察着车站的动静。火车到达的时间是正午 12 点。

我母亲用炭灰将自己的脸涂黑，把头发弄得乱糟糟的，跑到二楼窗边，从寺山餐厅的招牌后面偷偷观察车站。我被母亲用手臂搂着，等待着新一刻的到来。终于，火车到了。

伴随着陌生的交谈声，大个头的美国兵们下了车。山猫部队那些嚼着口香糖，开着玩笑从车上下来的"美国英雄们"，看到空无一人的广场，都吃了一惊。

那些从肩上卸下军用背包，伸着懒腰，打着哈欠，像石油桶一样的军人，看着很有意思。其中有嚼着口香糖，戴着金丝边眼镜的基督教徒军人；有长着鹰眼一般的眼睛，仿佛退役拳手的黑人兵；还有像圣诞老人一样有着慈祥容貌的士兵。各种各样的士兵，带着自己的行李，向村子走来，嘴里喊着：

"嘿，我的朋友们！""快来啊，我的朋友们！"

古间木的人们躲在家中观察着外面，就像在看另一个世界一样，没有人出来。这时，美国兵中突然出现了一个日本人。他拿出一条很大的横幅，就像一面旗子，贴在了车站的出口。横幅上写着"美日亲善"，还写着"绝大多数的美国人都是好人，让我们赶快成为朋友吧"。但没有一个人相信横幅上所写的内容。

突然，一个美国兵从兜里拿出一块巧克力，像个投手一样把巧克力扔了出来，"礼物，给你！"一直屏息观看的表弟幸四郎说："啊，是巧克力！"说着就要探出身子。义人狠狠地按住他，低声说："这是他们的阴谋，没准儿是个炸弹呢！"

那块巧克力划出的弧线，突破了村民们的防卫战线。站前餐厅的小兔，挣脱母亲的手，跑了出去。人们看到后都屏住呼吸，甚至有人闭上了眼睛，大家不愿看到小兔被伤害的情景。"街上被卷入爆炸倒地而亡的、可怜的小学生小兔！"这似乎成了战争电影中的一幕。

但令人意外的是，小兔毫发无损。她将散乱在地上的巧克力装进自己的口袋，还拿出一块，连包裹巧克力的纸一起放进了嘴里。这时，那个扔出巧克力的、如橡树一样的黑人兵，用低沉的声音说："嘿，我的朋友！"

小兔没有逃走，也没有靠近黑人兵，只是一边嚼着巧克力一边看着他。这个时候，"橡树"又从口袋里拿出糖。小兔犹豫着要不要靠近"橡树"拿糖。

"嘿，我的朋友。""橡树"说。小兔觉得有些害怕，开始后退。

"橡树"朝她轻轻扔出糖，并笑了笑。小兔捡起糖，出于礼貌，朝"橡树"走近了几步。"橡树"笑容满面地向她伸出手，两个人握了握手。然后，"橡树"高高举起两个人紧握的双手，向着躲在屋里的人们大喊："我的朋友！我的朋友！我的朋友！"之后，就像决堤一样，所有美国兵都拿出巧克力、糖果，就像节分撒豆子①，或是明星在舞台上向观众抛掷签名的球，都扔了起来。

死去的古间木瞬间复活了。人们为了捡朋友们掷出的巧克力和糖果，纷纷打开门窗，争先恐后地走出家门。那些美国兵，看到"饥饿"的日本人抢夺巧克力和糖的场面，心中涌

---

①在节分的当晚，日本许多家庭都会进行招福驱魔仪式，也就是撒豆子。撒豆驱邪原本是一项（日本旧历的）新年仪式，用以驱除恶魔和灾祸之源，同时祈祷家人安康、生意兴隆。

起了一种别样的快感。等到口香糖、糖果被抢空后，他们又抛出香烟、用过的牙刷，甚至还有圆珠笔。

"快，快去！"母亲开始催促我，并推我的后背。

"还傻站着干吗？小孝都已经去了。"

但是我一点儿都不想去捡那些东西。我有些害怕，更多的是觉得羞耻。于是我摇了摇头。母亲站在义人看不到的地方掐我的肚子，假装用非常温柔的声音对我说："你是个好孩子，帮妈妈捡根香烟回来吧。"我只好很不情愿地站起来，下了楼。

我什么都不想要。我希望自己是没有武器的士兵。没有武器的我，如电影中的慢镜头一样，慢慢打开餐厅的大门，走出去时就像一位西部英雄。去捡东西，让我觉得很羞耻，因为这样一件事而命令我的母亲，让我觉得更加羞耻。也许我年幼的灵魂已经在阳光下死去，就像那位西部的政治家霍利迪一样。

政治家的死，是冥想的机会。

艾伦《幸福论》

捉迷藏

家乡被美国人占领后，我的母亲开始在美军基地工作，而我则迷上了捉迷藏的游戏。

也许是因为等待晚归的母亲太无聊，也许是为了躲避因为妈妈在"鬼畜米英"的军事基地工作（还是服务生这种最低贱的工作）而招来的闲言碎语，所以想要藏起来吧。母亲在父亲去世后，有一段时间完全不在意自己的形象，但自从在美军基地做了这份"优待战争未亡人"的工作后，开始十分在意自己的穿着打扮。她染了头发，做了丰脸手术，看起来年轻了许多。

家中只剩下我一个人，"如果不藏起来，就无所适从"，到了十四岁的时候，我仍热衷于捉迷藏。

捉迷藏对我来说，到底意味着什么？

和六个比我小的孩子石头剪刀布之后，大家散开。我藏在屋子黑暗的角落里，开始昏昏欲睡。睁开眼睛，发现外面已是皑皑白雪，明明刚才还是春天。正当我不知所措时，小正走进来，说："找到了，找到了。"让我吃惊的是，小正已经变成了大人，穿着西装，抱着一个婴儿。他说的那句"找到了"，听起来完全是一个成年人的声音。就这样，在我的幻想中进行的这场捉迷藏游戏，从开始到结束已经过去了十年，而我一直沉浸其中。

有一天，换我去找他们。

大家都藏了起来，不管我怎么喊"好了没有？好了没有"，都没有人回答。我睁开眼睛，发现已是夕阳西下，街上的人们都回家了。在空无一人的故乡的街上，我一直在寻找那些藏起来的伙伴。过了一会儿，每家都点起了灯火。

灯下，围在火锅旁的那一家人，主人居然是和我玩捉迷藏的朋友，只是他已经变成了大人。藏起来的孩子已长大，去寻找他们的我还停留在孩童时代。这样的幻想，是何等的虚无。

我可以看到长大了的朋友们的幸福，他们却看不到我的存在。

不知道什么时候，我才能从"要做一辈子寻找别人的人"的幻想中挣脱出来。

想要抛弃某种幻想,就必须摆脱存在这种幻想的状况。

——卡尔·马克思

美空云雀

暗灰色的草纸，总是给我一种北国印象，旁边放着2B铅笔。我的诗歌中总会出现奔驰的列车。那飞驰的列车，从哪里来，到哪里去，身为作者的我都不知道。

从厕所里仰望天空 啄木的忌日

我在初中一年级时，写下了这句短歌。那个时候，我即将一个人前往在青森经营电影院的祖父母家，到那里生活。母亲已经习惯了美军基地的工作，嘴里经常唱着"come on-a my house"。她决定一个人留在古间木工作，并答应会给我寄来初中的学费 (收养我的祖父母坂本勇三、纪伊夫妇，并不是母亲的父母。而是将我母亲抛弃在麦田的龟太郎的弟弟及其夫人)。

在古间木的车站前,我最后听到的是美空云雀①的歌《悲伤的口哨》:

  拉着勾说来日再会
  就这样笑着道别离
  白色可爱的小手指

听着这首歌,我一个人进了站。母亲站在进站口送我时,扔掉了嘴里的香烟。我分明看到烟头上沾染了母亲鲜红色的口红。那个时候,我能想起的和母亲在一起时的生活,只有钓鱼这件事。就这样,我和母亲生离别。

此后,每当我听到美空云雀的《悲伤的口哨》,都会想起母亲。

母亲那时只有三十二岁,和现在的我同龄,但我感觉母亲早已是"站立在那里的废墟"。她的脖子上围着真丝围巾,穿着棉和服,嘴上涂着鲜红的唇膏,纤细瘦弱,似乎轻轻推一下肩膀就会倒下去,但她一直支撑着父亲死后的家。母亲脸上浮现出寂寞的笑容,并朝我挥了挥手。

如果说"科学更接近自然,只有诗歌才存在于历史"这

---

① 美空云雀(1937—1989),本名加藤和枝,日本著名歌手、演员。在日本被视为历史上最伟大的歌手,是第一位被日本首相授予国民荣誉奖的女性。

句话是对的,那么,能将我和母亲的分离写成诗的人,既不是荷马也不是荷尔德林,应该是藤浦洸①。

---

①藤浦洸(1898—1979),日本作词家、诗人。

我的村庄

巨人队的投手藤本英雄①在青森球场赢得完全比赛的时候，我正好担任巨人队少年球迷会青森支部的委员。藤本英雄那场比赛的对手，是小岛利男主教练率领的西日本球团。藤本英雄的完美表现，让对手完全失去了招架之力。在这座贫穷小镇破败的球场上，他能够创造出日本历史纪录，我非常高兴。

男人的生命，任何一个男人的生命，每个人都清楚，没有任何东西比生命更有价值。最幸福的男人，是敢于挑战命运的男人。所有男人都是平等的，他们不会受到幸运的光顾。贫穷、屈服于命运，对绝大多数男人来说，都是痛苦的。因此，男人绝大部分的经验都是不快乐的。

---

①藤本英雄（1918—1997），日本职业棒球投手。1950年6月28日，他在青森球场对海盗队时，创造了日本职业棒球史上第一次完全比赛。

男人都是动物。男人是和其他男人同样的动物。但同时,每个男人又是独特的动物。男人是弱小的、寂寞的生物。

威廉·萨洛扬《男人》

我骑着自行车横穿村子。

"今天晚上,曙光食品店有巨人队的签名会哦。"

"签名会?"

修车工阿泰抬起头。

"藤本也来吗?"

"好像所有人都来。"

我按着自行车铃,叮铃铃铃。一号二垒手千叶,是被称作"猛牛"、有些驼背的首席击球手。二号三垒手山川,是一个性格散漫的帅哥。三号中场选手青田,是少年俱乐部里最有人气的本垒王。拿着红色球棒、速度最快的四号川上,是最努力的人。五号左外场平山,是场边魔术师。

我胸前挂着巨人队的胸牌,那个字母 G 好像在闪闪发光。我骑着自行车来到有电话的地方,给朋友们打电话。"今天有签名会,来不来?藤本可是日本棒球史上第一位完成完全比赛的人啊。"

"完全比赛?就是对方的跑垒手一个都没出场?"中国荞

麦面馆的那个外号叫"胡萝卜"的店员问道。

"嗯,是的。二十七个人,没有一个人走出击球手的位置。所有人都没能走出那个不足一坪的狭小空间。"

"大家都是杀手布鲁斯啊!"

"胡萝卜"是左撇子,一边说话一边晃动左手腕,做出摇摆挥动的动作。

"我以前也做到过哦。"

闭上眼睛,那个午后又浮上心头。我的村庄——"在这个世界上并不存在的地方"。尽管不是萨洛扬,但每个男人大部分的经验,都是不快乐的回忆。那些非常暧昧的、曾经消失的东西,就像从洗衣桶里突然翻出的旧衬衫一样。被牵引出来的记忆,对我来说也是一种乐趣。

我居住的歌舞伎座,位于盐町43大街,旁边是可以存放自行车的乌冬面馆。店里有又长又粗的手擀砂锅乌冬面。面馆主人是个侏儒,性格温和。面馆旁边是一家小杂货店,名叫"名畑"。再旁边是一家可以做棺材的木桶店……然后是一条没有名字的小河。

我经常在"名畑"买一些电影明星的照片和海报。有特雷莎·怀特、盖尔·拉塞尔、东谷暎子等。每次我去买照片时,老婆婆都会走出来说:"不买的照片不许随便摸!"

那个连"照片"的读音都发不准的老婆婆,总是站在我和照片之间,像老鸹一样可怕。不知她是否还健在。旁边有一户一直关着门的人家,我已经不记得主人叫什么了。再旁边就是那个传说中"有一位少年棒球快投手"的木桶店,从浴盆的盖子到棺木都可以买到。歌舞伎座的左侧,有一家理发店,还有一家叫"川浪"的咖啡厅。咖啡厅很宽敞,甚至可以进行业余棒球训练。很多场景都已经忘记了,在这些想起来和想不起来的场景之上,是一片浅灰色的云。那个时候,来自朝鲜的金山经常会弹着吉他唱:

有故乡该多好
而我既没有故乡,也没有亲人。

十七音

从初中到高中,短歌占据了我大部分的时间。

这种即将灭亡的诗歌形式,深深地吸引了我。短歌具有反现代性,其如恶灵般的魅力是吸引我的原因之一。短歌社团那种结社氛围,更是让我不能自拔。

"让我用语言将你打入地狱!"说完之后,我拿着写有五七五音俳句的卷轴向短歌社团出发了。

> 所有东西的价值都崩塌了,自由突然向我们袭来。为了能够成功超越这种自由,我小心翼翼地寻找着一种存在形式。
>
> 《蜡纸版诗集·序》

虽然我曾这样写,但实际上,我的人生的"待机时期",

和我在短歌文学中丧失的市民权利，一定有着某种相通的地方。

有一天，同班的京武久美笑着拿来一本杂志。
"怎么了？"我问，他却不说话。
我抢过那本杂志，翻开看了看。
那是一本名叫《暖鸟》的杂志，是毫无名气的青森俳句会出版的。在杂志中的《暖鸟集》里，京武久美的名字和他的俳句赫然在列。就像在麦田发现了一颗云雀蛋，我发出了"啊"的一声，觉得太不可思议了。
京武久美的名字居然变成了印刷体，并且还登上了杂志。
"这是怎么回事？"我问他。
但京武以"结社的秘密"为由，什么都不告诉我。
"快说！"
"真的没什么。"
"如果真的没什么，你怎么会有这个让自己'出名'的机会？快说。"

那天晚上，京武带我出席了"暖鸟句会"。那是在一位叫吹田孤蓬的怪人家中举办的，昏暗的房间大概有八叠大。
京武介绍说："吹田孤蓬白天以吹田清三郎的名字在学校做老师，到了晚上，就变身为'孤蓬'。"

我问道："也就是说，白天的职业是为了掩人耳目？"

"对，他其实是个写俳句的。这是秘密。"

终于，又来了几个俳人。那天，大家讨论的俳句被发表了。这些俳人们，有的已为人妻，有的是普通的公司职员。他们都有自己的名号，如"菁实""未知男""秋玲子"等。看着那些俳人回忆过往的场景，我突然想起小时候看过的一部电影《幻影之城》。

这就是蒙面结社的魅力。感受着那些隐藏起来的艺术本领，就像回到了我少年时代曾生活在里面的地道，进入了另外一个时空通道，接受恶灵发来的消息。

到了第二个月，我也开始向《暖鸟》投稿，还参加了吹田孤蓬的选拔。

投稿的魅力在于它的排名。

每个月收到新杂志后，我们大约四十位投稿者都会去看自己的排名，看自己是前进还是后退，这也成了一种乐趣。我一直热衷于此。

俳句杂志一般分为同人栏和会员栏。同人可以直接投稿，不需要审查；但会员必须要通过主办者的审查。

所谓的排名，即占据卷首位置的是第一名，之后按照名次排序。最后是只选用一句俳句的"一兵卒"，按照地域的不同进行排列。如果本月排名是一百四十名，下个月排名是一百二十名,就意味着离成功更近了一步。如果被两三个人赶超了,排名就会下滑。

这种物理变化以三十天为一个周期上下变动。对投稿者来说,不仅要依靠自己的实力,还要去拜访主办者或评委,给他们送礼等等。十七音就是银河系,在这个宏大的世界里,参加地位争夺战,让我感受到了文学之外的乐趣。结社制度中隐藏的权力构造,让我对"帝王"这个词有了双重认识。

> 帝王,书斋里的山羊!
> 老鹰不停地吃着印有字的纸。
> 在我的诗歌中,
> 依然有那飞奔的列车存在。

老鼠的心,是灰色的

1958年的夏天,我拎着一个包裹出院了。

包裹中有两三本书,几根铅笔,还有几件换洗衣物。四年的住院费,因为《生活保护法》①而被免除。没有任何亲人的我,身无分文。这让我想起陀思妥耶夫斯基《赌徒》中的一段情节,老婆婆盯着转动的赌盘,用嘶哑的声音说:"零,我要赌零。"

出院后,我去了学生后援会帮我租借的一间只有六叠的屋子,位于新宿区诹访町。

在这间连窗帘都没有的空房子里,我琢磨着今后该如何生活。住院期间,来自韩国的病友给了我一家酒馆的名片,

---

① 日语中的"生活保护"意即"最低生活保障"。无差别平等原则是现行日本生活保护法的基本原则之一,其含义是全体国民只要符合法律规定的要件,均享有向国家要求保障最低限度生活的权利。

这可能是我唯一的希望了。

我必须要先找到工作，于是，我拿着名片，准备按上面的地址过去看一看。

那天的天气十分闷热。酒馆在山手线的边上，很容易找到。我说出自己的名字后，对方立刻说："知道了，小金已经提前打好招呼了。"我的工作就是接电话，每周工作三天（周五、周六、周日）。我问："来电话后，我要做什么？"对方告诉我说："把对方说的话记录在纸上，然后重复一遍，看看有没有记错的地方。"

我在吧台下面发现一台录音机，可以将电话的内容记录下来。这其实是一家私设的赌马券贩卖所，我就是这里的接待。

但是，对赌马一窍不通的我，并不知道这份工作是违法的。当时，他们还预付了我两万日元的工资，让我很是惊喜。我连说了三次"谢谢"后，才转身回家。

那段时间，一本叫《女性自身》[①]的周刊杂志创刊了，看起来很是古怪；加入巨人队的长岛茂雄获得了"新人王"的称号；东京塔建造完成，为整座城市注入了新鲜血液，增添了活力。

而我印象最深的一件事，是一名来自韩国的少年，强奸

---
① 光文社1958年创办的一本女性杂志。

并杀害了小松川高中的一名女学生。我一直觉得那个叫李珍宇的被孤立的犯人，就是刚离开医院的我的写照。我像李珍宇一样体会到，从遥远的"国家"来到这里之后，完全被疏离的感觉。

对我来说，这个遥远的国家就隐藏在我所患的肾脏疾病之中。每次出院后，我都觉得很难为情和无奈。我对人们说："对不起，我又出院了。"但作为弱者的老鼠被逼急后，也会反扑去咬猫。饥饿的我，开始自暴自弃，成了会打架的"老鼠"。

美空云雀有一首歌，是关于老鼠的：

> 老鼠的心，是灰色的
> 悲伤的、悲伤的灰色

我，22岁了。

寂寞的美国人

我在高田马场的一家旧书店里，找到一本纳尔逊·艾格林的《金臂人》。在青森生活的时候，我曾读过他的小说《明日不再来》，这是他第二部译成日文的作品。

弗兰克·麦吉耐克[①]这个喜欢赌博的流浪人，和我的生活，有着令人吃惊的相似。

艾格林这样写道："为什么有时候，生活会给人一种如深夜营业的电影院般的空旷感。荧幕上正放映着悲伤的电影，而观众席空无一人。"

艾格林——这位"被遗忘的时代"的最后一位作家。

我曾给艾格林写了一封信，具体内容已经忘记了，只记得他的回信非常短。艾格林执着于芝加哥那些偏僻的小镇，

[①]弗兰克·麦吉耐克是小说《金臂人》中的主人公。他退役后回到芝加哥，成为一名赌场发牌员，并迷恋上毒品。

尤其是美国的监狱,他好像比政府的官员都要熟悉。我从艾格林的小说中了解到很多美国民谣。比如我经常引用的这首:

如果心是全部
那可爱的金钱将变成什么

艾格林突然来到日本。他的通讯录上只有一个日本人,即他的笔友——TERAYAMA SHUJI。这个人就是我,于是,他给我打了电话。

"喂,是我,艾格林。你不是一直邀请我来日本吗?我真的来了。"

透过声音,完全听不出艾格林已经五十四岁了。接到电话后,我马上去见了他。之后的两周,我带他去看了拳击比赛,以及中山赛马场的赛马。在尼科利诺·罗切和藤猛的比赛中,我赌藤猛会赢,艾格林则认为罗切会赢。攻击强劲的罗切抵挡住藤猛的攻击,完全占据上风,将藤猛打的浑身是血,最终败下阵来。

艾格林兴奋地将我贴在墙上的几张海报揭了下来,准备回国后作为礼物送给朋友。对老人问题非常关心的他,对赌博机也产生了浓厚的兴趣,并将其称作"独白机器"。在酒馆里,艾格林告诉我:"在美国,每个州实施死刑的方法是不同的。一些贫穷的州,没有钱买电椅,比如犹他州,至今仍用枪来处决死刑犯。"

这个话题，至今我都深深记得。

多年后，我去了芝加哥，并到艾格林家中拜访，艾格林带我去看了那些偏僻的小镇。他房间的墙壁上，挂着那些已经分手的恋人的照片。照片的旁边，还有当年罗切和藤猛比赛的海报。书桌上放着他从很多年前就开始写的小说，至今仍未结局。坐在书桌前打瞌睡的垂暮老人艾格林，声音还是那么有生气。

"我给你介绍一个好女人吧。她哭的时候非常迷人，你可以试着让她哭给你看。"

那天，我们聊了很多。

鬼子母亲

那段时间，母亲一个人住在立川。

弗兰克·辛纳屈 *Only is lonely* 这张唱片的音乐整日从舞厅里传出，在母亲那间屋顶有些倾斜的廉价公寓里都能听到。

偶尔去看母亲的时候，她总是坐在台阶上晒太阳。母亲经常一边看着自己的手，一边说："为什么只有我这样不幸呢。"

那间廉价公寓里，住着很多和母亲一样在美军基地工作的女人，到了傍晚，整座公寓就像剧场的后台，到处都是匆匆忙忙的女人。我去看母亲时，经常看到那些中年女人化着浓妆，穿着鲜红的衣服，在过道里烤鱼。

母亲也会在白天的时候发牢骚："一个人闷得慌，想养只狗，但房东太烦了""我真的太累了"等等。但傍晚化完妆后，她整个人就像年轻了几岁，出门上班去了。

和母亲一起生活的时间，我几乎完全不记得了。少年时代，我被在青森经营电影院的祖父母领养，那时，母亲在三泽的美军基地工作，赚钱养活我。有一天，来青森看我的母亲说："我要去更远的地方了，会给你挣更多的钱。"

我送母亲到了车站，我们听着摆渡船的汽笛声，一起吃荞麦面。

这个时候，我听到了美空云雀的《悲伤的口哨》，歌词是这样的：

拉着勾说来日再会
就这样笑着道别离

这是那首我和母亲生离别的歌。那时，我一个人进了站，母亲扔掉嘴里的香烟，烟头上沾染了鲜红的口红。那个情景直到现在，都印在我的脑海之中。多年之后，我和母亲在立川相会，我们之间却有了无法消除的隔阂。母亲轻轻地斥责我，开口说："你啊……"

有时候，母亲会问我："想要个弟弟吗？"我明白她的意思，却没有回答"想"。

我考进大学后，没过多久就因生病退学，住了四年医院。出院后，我一直没有固定的工作。每天四处游荡的我，偶尔会和母亲见面吃饭。为了和我见面而特意打扮一番的母亲，和每次都向母亲伸手要钱的我，我们之间产生了一种很奇妙的友情。我和同时代的男性一样，有着"俄狄浦斯情结"。俄狄浦斯是一位王，他杀死了自己的父亲，最终又离开了母亲，是古希腊悲剧故事中的主人公。

家庭游戏

　　大工町寺町米町佛町
　　有没有一个地方可以把我年老的母亲买走
　　燕子啊，请告诉我吧

这是《死者田园祭》中的第一首短歌。距离我少年时代创作的那首短歌，已经有八年的时间了。

　　风吹过蚕豆田，刷刷作响
　　夕阳下，思念着母亲的少年
　　正写着十四行诗

我写这首蚕豆短歌的时候，母亲生活在九州的炭矿山町。那时，我一个人留在青森，渐渐着迷于那些以母爱为主题的电影。那时候的我，因为母亲不在身边，每天靠着空想过活。二十四岁的时候，我在新宿租了一间廉价公寓，和一个酒馆的女招待开始了同居生活。写着毫无销量的短歌的我，和整天说着"想在一起生活"、却成了妓女的母亲之间，除了赤裸裸的现实之外，没有任何其他东西。

终于，母亲疲倦了像候鸟一样的生活，希望在独子身边安定下来。而我，却过上了候鸟一样的生活，希望一个人自由自在。

"你最近对我有些冷淡，"母亲说，"下次休息的时候，我们一起去看电影吧。"对我来说，她只是一位年长的女性而已。但母亲并不自知，还在不停地说："为了养你，我这一辈子什么都没得到。""给你交的学费都能买一座山了。"她似乎想要拴住我的心。

不知从何时起，母亲开始住在我的公寓，我的女朋友文子只好在旁边租了一间房。如果我有事情，两三天不回家，母亲就会在桌上摆放两个人的饭菜，然后坐在那里不停哭泣。也许从当初与我分别的那一刻开始，她就在想如何修复我们之间的关系。母亲像对待十五岁的少年一样，对待已经成年的我。每次我出门前，她都会问："有没有带手绢？"

或是"下了班不要乱跑，直接回家"，然后将我送到车站。

我之所以能够忍受这种蜜月般的生活，也许是因为我觉得这是一种孝顺母亲的方式。其实，我一直觉得回家太可怕了，经常躲在小酒馆的角落里，写我的《死者田园祭》、弑母长篇叙事诗《李庚顺》、小说《人类实验室》。直到天快亮时，母亲已经沉睡，我才回到家中，雨衣都不脱就睡下了。

在这样的日子里，我开始考虑是否要离家出走，然后就想起了小时候玩的游戏——家庭游戏。

那个时候，我非常讨厌"请把金野成吉家的妈妈给我"，或是"请把民尾守家的父亲给我"这种玩法。一天晚上，我将一张朋友忘记收起来的游戏卡片带回家，扔进火里烧成了灰烬。

我想，这样我就再也不用玩家庭游戏了，却没想到，母亲还有一张这样的"卡片"，出现在毫无防备的我面前。我可以在诗歌中杀死母亲，但在现实生活中，我只能选择从母亲身边逃离。

有时，就像个没有母亲的孩子

"生活在东京时，白发苍苍的母亲有时会在夜里突然起来，掀开地上的榻榻米，开始挖土耕作。"这是和我一样来自东北的诗人——黑田喜夫笔下的情景。在这里，母亲因思乡而变得疯狂。

"我们回青森吧。"这已经成了母亲的口头禅。母亲希望现在去实现贫穷的时候没能实现的"家"的梦想。

我那个时候正准备写《离家出走的劝诱书》，这既是我的亲身感受，也是"表现论"根源的体现。

"家"本身所具有的各项功能都已消失。家的教育性、娱乐性、保护性，已经被社会所取代，而宗教功能、性的功能则由个人来完成。

"家"所剩下的，只有血脉相连的爱的机能，而这是最沉重的桎梏。离开家的年轻人，无论走到哪里，都像背着壳的蜗牛，背负着家的重担，无法得到自由。

我一直在思考，血脉相连的爱，到底是什么？对母亲来说，也许是命运的产物，对我来说，只不过是一种偶然。

小时候，我总是喜欢看以母性为主题的电影。在能闻到厕所气味的电影院里，我观看了那部让人泪流满面的电影《三位母亲》。那部电影的主题曲中唱道：

> 按住乳房回头看
> 成为母亲后的泪水
> ……

直到现在，我还能轻轻哼唱出来。

战争使很多人失去了父亲、丈夫。在那个贫穷的只剩下母亲和孩子的社会里，"母亲抛弃孩子"成了没有办法的事情。因此，那些以母爱为题材的电影（如三益爱子饰演母亲，三条美纪子饰演孩子的电影）的故事情节就是：贫困的生活，让母亲不得不抛下孩子出去谋生。等到孩子长大后，理解了母亲当时的心情，并不会憎恨母亲，而是继续孝顺母亲。

但是，二十年之后，现实却背叛了这些母亲的期待。在这个物质生活变得更加丰富的社会，年老的母亲成了负担，"孩子抛弃母亲"的时代到来了。

悲伤的母亲面对剩余的生命和年老的问题，在生命最后的时间里，为了不被孩子抛弃，所剩下的最后的保护伞，就是不断提醒孩子"血亲之爱"，来维护自己在家庭中的主权地位。

我并非不能理解母亲这种心情。但此时此刻，如果同情了母亲，我就会像蜗牛一样再次被亲情间的牵绊所束缚，无论走到哪里都无法挣脱。

我对母亲说："我正在写《离家出走的劝诱书》。"

母亲说："嗯，我赞成。你要是离开家，妈妈也和你一起走。"

穿长靴的男人

我非常不喜欢穿鞋。除非有不得已的理由，我平时没有任何穿鞋的欲望。

从有记忆的时候开始，我就觉得鞋并不只是单纯穿在脚上的东西。读了《鹅妈妈童谣集》后，我的这个信念更坚定了。

我一直觉得《住在鞋子里的老婆婆》这个故事，是在讲妈妈的事情。故事里将"鞋"比作家，表达了"无论走到哪里，都将紧紧跟随"的血脉相连的宿命。

还有一个几乎人人都知道的故事，王子拿着水晶鞋走到灰姑娘面前，其实就是为水晶鞋这个所谓的"家"寻找一个"合适的妻子"。

而在《长靴猫西部剑客》中，猫头上那双因不听父母嘱托而粘在上面拿不下来的长靴，也暗示着父母带来的力量。

我之所以讨厌鞋，是因为讨厌"家"这个字眼。这样的我，却在二十五岁的时候，穿上了鞋。

那一年，我和刚从松竹少女歌剧团的舞蹈演员转型为电影演员的九条映子结了婚。当时，九条映子出演了舞台剧《干涸的湖》（导演是篠田正浩，剧本由我编写），以及电视剧 Q 等。不知不觉中，她成了我的倾诉对象。

我不顾母亲的反对离开家，和九条映子举行了婚礼。女方的亲人都到齐了，而我这边只有谷川俊太郎夫妻作为嘉宾出席了婚礼。我租了一套礼服，穿上鞋子，将自己打扮成一个所谓的绅士。其实，我的内心非常不安，但听到主持婚礼的教父一口纯正的家乡口音，我突然平静下来。

我们的婚姻持续了六年左右。一直以来，由于我极度厌恶"坦白"这个词，因此，我的创作不是为了表达自己的内心，而是为了隐藏自己。但我发现，在婚姻生活里，这样做是完全行不通的。

有一天，我去理发店理发。正在我理发的时候，妻子拎着篮子走了进来。

当时，我满脸泡沫，正准备刮胡子。从镜子里看到妻子时，我希望自己不被发现，还故意缩了缩脖子。

就在这时，妻子突然大喊："啊，我发现你了！"

周围的客人立刻哄堂大笑。

妻子继续大声询问："晚上要吃什么？"

我当时十分尴尬，嗫嚅着回答她。

妻子没有听到，于是又大声问："你在说什么？"

我开始重新审视这个让我无处遁形的"家"。作为演员的妻子，对生活也充满了期待。我则必须弥补作为一个普通人，自己所欠缺的东西。我终于有了这样的觉悟。

那时候，我们养了一条狗，它的名字叫Jilu。Jilu，也是碧姬·芭铎在电影《私生活》中饰演的角色的名字。

《死者田园祭》手稿

我写了很多关于母亲的东西,尤其是少年时代创作的短歌:

风吹过蚕豆田,刷刷作响
夕阳下,思念着母亲的少年
正写着十四行诗

母亲正在缝着衬衫
为了那个在土地上奔跑着玩橄榄球的孩子

但实际上,这些诗歌的内容都不是真实的。

我和母亲,在我上小学时就分开了,之后从未在一起生活过。因此,我所写的关于自己和母亲的随笔,都是我编造出来的,并没有在现实生活中真实发生过。

我为什么会写这些实际上并未发生过的事情呢?每次写关于母亲的内容时,我都会有一种奇怪的感觉,似乎我的笔不受控制,在随意地写作。

我也曾想要分析自己为何会"创造回忆"。

这就是电影《死者田园祭》的创作动机。

一个男人在讲述自己的少年时代时,总会修正并美化记忆,所讲述的并不是"实际发生的事情",而是"希望发生的事情"。对此我深有体会。

人无法修改未来,但可以修改过去。那些实际上并没有发生的事情,如果你认为它存在于历史之中,就可以按照你的想法去修改,从而将人从现在的束缚中解放出来。有了这样的想法之后,我准备利用一位少年,将"我的过去"通过影像表达出来。

我将"我"和母亲的生活,锁定在北方一个荒凉的村子里。村里来了巡演马戏团,那个崇拜着空气女的中学生(即"我"),在巡演结束后,跟在马戏团后面。

"我"因为喜欢邻居家漂亮的妻子,于是写了一封错字连篇的情书送过去,并约定要进行一场"两个人的旅行"。"我"孤独一人,没有可以谈心的朋友,沉迷于《少年俱乐部》,总是将书中虚构的人物——冒险家丹吉、流浪狗,或是鞍马天狗,当作自己闲聊的对象。

这就是我编造出来的少年时代，通过在电影中饰演我的演员，将自己暴露在大众面前。

在电影中，我和少年时代的"我"相遇，互相讲述关于母亲的事情。就这样，我在一点点地修改过去。电影中，母亲被戴上双重，甚至三重面具后，成了一个虚构的形象。

> 用死去的母亲的红色梳子梳理后，山鸠的羽毛无法停止脱落

> 我的指纹粘在母亲牌位后面，寂寞地梳理着黑夜

在短歌中死去的母亲，在电影中一直等待着离家出走的少年归来。

母亲的家，在恐山脚下一个寒冷贫穷的山村，那里总是有很多乌鸦。电影中，"我"在爱恋着母亲的同时，也憎恨母亲。

八千草熏饰演的美丽妻子，春川真澄饰演的空气女，新高惠子饰演的杀死自己孩子的女人，这些女人作为母亲的分身，引诱着少年走进了迷宫。

而实际上，我已经使用35mm相机，早早为母亲建起了一座坟墓。

现实中的母亲，一直过着和我毫无关系的流浪生活。做

陪酒女，在满是矿山工人的村子里来来去去，没有人知道她最后去了哪里。秋天的七草，一片静寂……

所有的这些，都是我虚构出来的……

II

巡演演员的记录

巡演演员的记录

小的时候，我看过一个铁胃男人的表演。

他在小学的礼堂，为我们表演吞剃须刀的刀片。

在村子的空地上，还来过一个巡演剧团，那些演员是一群被称作"人间泵"（人間ポンプ）的怪人，他们当中有会喷火的兄弟，有长了很多毛的毛孩，还有很像死去的姐姐的"长颈女妖"等等。不知道那些人最后都去了哪里，如果有机会和他们再会，也许我的童年时代会再次来临。

一位上了年纪的伯母推荐我读《圣经》约伯记第二十四章中的一段内容，让我印象深刻："盗贼黑夜挖窟窿，白日躲藏，并不认识光明。他们看早晨如幽暗，因为他们晓得幽暗的惊骇。"[1]

---

[1] 此处翻译采用了 2009 年版《圣经》，由中国基督教三自爱运动委员会、中国基督教协会出版发行。

这些不太常见的表演，如猴子表演（under show）等，一直在我心中呼唤着那长久以来被我遗忘的家，催促我回归少年时代。

提起巡演演员，我就会想起秋天的七草。

不知道为什么，将胡枝子、芭茅、粉葛、石竹排列起来，我就会不由自主地想起小时候观看市川升剧团表演的情景。我看过三次市川升剧团的表演，而且三次看的都是《石童丸》这个剧目。第三次看的时候，这个由平安时代的宗教故事改编成的农村戏剧，开头那段内容让我印象深刻，我甚至可以说出完整的台词。

"三天两夜的时间过得太快了，我却没有找到父亲。想到在山脚下等待的母亲，我非常担心。就连风吹动松树发出的声响，我都以为是母亲在呼唤。听到山鸟的鸣叫，不知那是父亲还是母亲的呼唤。"

市川升剧团在村子的空地搭建了一座临时的舞台，上面挂着几面颜色鲜艳的大旗。那些为了引人注意的大旗，给我的感觉则是色彩鲜艳的噩梦。那个时候，我父亲刚刚去世，母亲为了生计将我寄养在别人家里，自己到一个叫筑紫的地方工作。当时，我还在读小学，住在附近的一个工头抓住我说："你这个可怜的家伙，你妈妈再也不会回来啦。"

我不是特别明白工头所说的话，但我想应该是母亲在那个叫筑紫的地方有了新家，新家里还有"另外一个我"。我逃学去看市川升剧团的《石童丸》，在剧情最高潮的时候，一个人跑到厕所里放声大哭。高潮的情节是：为了寻找父亲，石童丸爬上高野山，却没有找到父亲。等到下山后，他才发现等待自己的母亲因为劳累去世了……

"石童丸哭着下了山，想把结果告诉母亲，却没有想到，等在山脚下的母亲像草叶上消失的露水，没了气息。"具体的韵律我已经忘记，只记得是用七五调的形式写出来的。

现在想来，尽管这部剧中，在演奏并木宗辅的《刈萱桑门筑紫辕》[①]时，用的不是萨摩琵琶，而是将其演绎成了歌谣的形式，但无论是那些平日不经常用到的台词，还是舞台背景，对我来说都足以成为噩梦。

小屋前贴着很多照片，我每天都会去看，主要是看那位饰演石童丸母亲的演员。

照片不太清楚，有些泛黄，感觉和我的母亲有些相像，但又不太像。她看起来十分孤独，似乎了解我的全部。当我得知剧团马上就要离开这里，去下一个地方巡演时，我决定在他们出发的那一天，去找那位叫市川仙水的演员。小屋后面晾衣服的地方到休息室之间，有一处光线昏暗的角落，一

---

① 《刈萱桑门筑紫辕》是并木宗辅、并木丈辅共同创作的"人形净琉璃"。

个穿着秋裤的男人正在洗脸池前洗眼睛。他似乎得了结膜炎,用水不停地冲洗着红肿充血的眼睛。

我和他说:"我想见市川仙水女士。"

男人甩了甩脸上的水,说道:"有什么事儿吗?"

我小声回答:"就是想见一面。"

男人用一种不可思议的眼神盯着我,然后说:"市川仙水就是我。"

我吃惊地看着他的脸。

那是一张和舞台上石童丸的母亲有些像,却又不太像,布满雀斑的油乎乎的脸。男人的个头不算矮,脸很大,浑身满是烟草味,有一双充血红肿的混沌的眼睛。

"是不是因为我不是女人,让你很吃惊?"市川仙水这样说道,"靠演女人来赚钱,这就是我的职业。"

他从腰间掏出旧毛巾,擦着脸大笑起来。

想到自己居然为了向这样一个仿佛地狱中的人叫一声"母亲"而赶到这里,我很是后悔。

从那以后,我再也不看巡演了。

汗毛浓厚的女形[1]

我第一次看到的女形,并不是歌舞伎演员。

但是他的表演,让我的少年时代因歌舞伎而改变。

青森市浦町路有一座两层的房子,里面住着我的一个小学同班同学,叫竹马。竹马和母亲二人相依为命,也许是因为和我的家境比较相似,因此我们两家的关系非常好。

竹马的妈妈松江女士,邻居们都喜欢叫她阿松,是一位特别勤快的人。在一个炎热的夏天,阿松死于一场交通事故。那天,我们放学回家的时候,竹马家门前停着救护车,门口围了一群看热闹的人。我们急忙跑上二楼,看到已经没了呼吸的阿松,脸上蒙着一块白布。

竹马放声大哭,我却突然被阿松的腿毛所吸引。就在这

---
[1] "女形"即"男扮女装",在歌舞伎中由男性演员扮演女性角色。

个时候，令人惊奇的事情发生了。就在护士卷起盖在阿松身上的毯子时，穿着和服的阿松露出了他的下半身，我看到了阿松本不该有的东西。当时，我有些头晕目眩。原来阿松不是竹马的母亲，而是父亲。

但是，为什么阿松要一直装扮成竹马的母亲呢？

事后一想，也许并不是阿松想要扮成女人，这是他的一种处世之道。为了抚养儿子，扮演母亲的角色，欺骗每一个人，作为女人生活了十几年，也许是阿松对二战的一种抗议。

在思考的过程中，空想超越事实，让我陷在迷宫中无法自拔。我的少年时代就这样被关在了一个虚构的暗室里。在大空袭的那一年，整个青森市一片火海，所有的一切都被烧毁。

十八岁那一年，我第一次观看了真正的歌舞伎，是歌右卫门的《道成寺》。这是芝翫继承第六代歌右卫门后第一次表演《道成寺》，并获得了好评。

但对我来说，舞台上的并不是歌右卫门，而是死去的阿松。我觉得解开所有谜团的关键，都藏在歌右卫门的《道成寺》里。

歌右卫门并没有成为真正的女人。同样，阿松也没有成为真正的女人。他们在扮演女性的同时，并没有丧失作为男人的自我，也没有认为自己作为男人只是一具躯壳。在精神上分离的男女两种性别，想要在肉体上统一的痛苦，一直支撑着他们的这种幻想。

歌舞伎中的二枚目①有这样一种传统，一只脚像女人一样向内弯曲走路，另外一只脚则要和男人一样笔直地走路。对我来说，这种男女两性的特点才是真正的魅力所在。

而对阿松来说，他在生理上是竹马的父亲，又将自己虚构成竹马的母亲，他心中的那种矛盾支撑着这个家。

如果一个人拍一部电视剧，人与人之间的对立、亲情都需要一个人完成，就要将自己分裂，不得不"一只脚像女人一样向内弯曲走路，另外一只脚则要和男人一样笔直地走路"。正因如此，身体这个具有偶然性的东西被不断重新组合，从而成为一部剧。

这种具有两性特质的人的悲剧，就在于不需要其他人的存在。歌右卫门这位著名的演员，在社会上就是一个普普通通的中年男人。

但同时，我们也不能忘记在舞台上，他是一位美丽的少女。

于是，这个中年男人和这位美丽的少女，为了成为一体，比任何一对男女的关系都更加亲密。他们试着让两个人在同一具躯体上一体化，但无论如何尝试，两者都无法融为一体。

---

① "二枚目"一词出自日本歌舞伎，指扮演小生的男演员，日常生活中代指美男子。

只有最平凡的人类，才更想接近神灵。无论是古希腊交换衣物的仪式①，还是现代那些喜欢穿女装的国家公务员，都体现了人类平凡无力的自觉性，他们将冲动的想法变成了想要接近神灵的实践。当然，无论是"穿着女人衣服迎接妻子的新郎"（科斯岛），还是"剃光头、穿男靴、穿上男性的服装，一个人睡在昏暗的床上等待丈夫的新娘"（斯巴达），都反映了年轻人在结婚前的不安。

雌雄同体并不是结果，而是一种手段。

那些想要拥有两性特质的人，并不是为了超越男人或女人，而是像赌博一样，想去了解那个未知的世界。

说起来，歌右卫门的《道成寺》并不是最好的例子，相比之下，我更喜欢以女儿身出现的弁天小僧，在最后又回到男身的瞬间。我自己也在天井栈敷的话剧中，用了很多"女形"（乾旦）。我喜欢剧中设定"两性"分离的场面，暴露雌雄同体的情节。

我一直无法忘记我和竹马的那段对话。

"喂，竹马。你的妈妈，其实是爸爸吧？"

竹马理所当然地回答说："对呀，我从一开始就知道。"

---

①男女换穿衣物，是古希腊常见的风俗。除了在结婚仪式中交换衣物，希腊的戴奥尼索斯祭典、萨摩斯岛的赫拉祭，或是举行其他祭典时，男女都会交换衣物来变装。

我十分吃惊,接着问:"那你干吗装作不知道的样子?"

竹马笑着说:"你不觉得,比起只有爸爸或妈妈,同时有爸爸和妈妈更好吗?"

马戏表演

我一直觉得镜子里藏着引人坠落的东西。

盯着镜子一直看,感觉自己会被镜子深处的黑暗所吸引,有一种即将坠落进去的眩晕感。该如何抵抗这种坠落呢?

> 准备两面镜子,人站在镜子中间,于是两面镜子会将当中映射出的人无限地映射下去。人站在中间不会坠落,而是处于悬空的状态。

这是我的新剧《疫病流行记》中的一段台词。两面镜子之间悬空吊着的男人形象,来自于让我印象深刻的马戏团里走钢丝的男人。现实生活中的马戏,就是两面镜子之间的理性和狂热,手和语言,影子和实体,真实和虚伪。

童年时期的我非常喜欢马戏。但是巡演马戏团的帐篷都很小，因此我从没看过空中秋千。

尽管演员们都很努力，但都是一些走钢丝、蹬技之类的马戏表演，和那些普通的巡回表演没有什么区别。

我第一次看到空中秋千，已经是我长大成人后的事情了。

带我去看木下马戏团表演的伯父，这样对我说："来看空中秋千的人们啊，其实都是为了看人类如何坠落下来才来的。"

伯父在神田开了一家眼镜店。他的腰部在战争时期被流弹击中，导致性功能障碍。他是这样为我这个特意来看空中秋千的人分析的——

"表面上看，大家都是来看那个在空中接住女人，拯救女人的男人的表演。其实他们真正想看的是，男人手一滑，没有接住女人，女人直接摔到地上，像青蛙一样被摔烂。"

"所以你注意看，当表演空中秋千的男女演员的手紧紧抓在一起，没有发生任何意外的时候，尽管观众们都在拍手叫好，但他们脸上无一不浮现出失望的表情。"

伯父将跳下来的女人比喻成"无依无靠、自杀的人"，将接住她的男人比喻成"救赎者"。伯父的看法自然有他的独到之处，但就像伯父的心情一样，让人觉得很悲伤、孤独。那段时间，伯母和一个大学生有了婚外情，伯父为这件事而苦恼。

伯父死于带着我去看马戏的那年秋天。他用一条红色的腰带上吊自杀了。吊在半空中的身体,和空中秋千中那个无法被接住的女人似乎有着千丝万缕的联系。而我则感觉到了在伯父和伯母之间摇摇晃晃的自己。

为什么?因为我就是那个和伯母私通的大学生。

>人类历史上
>曾经有过战争
>
>人类历史上
>也曾有疾风徐徐的寒冬
>
>马戏团小屋高高的房梁上
>那里有一架秋千
>无法看到的秋千

中原中也①用了很多声音来模拟空中秋千的声音。这些究竟是秋千晃动时发出的声音,还是黑暗中的房顶发出的声音,我无从知晓。长夜漫漫,那些声音讲述着空中秋千上,那个像降落伞一样吊在半空中的中原中也的乡愁。也许是对那个准备跳下来的演员赋予了这个时代的人们的想法,但是

---

①中原中也(1907-1937),日本诗人、歌人、翻译,山口县人。

对我来说，秋千在空中摇摇晃晃的声音，总是和死去的伯父的身影相重叠，直到现在都无法从我的脑海中除去。

空中秋千最初的构想，应该是那些在空中作业的人，为了让人们看到他们之间所谓的信赖而发明的。如果完全抛开马戏和秋千的历史，单纯考虑手与手互相握紧的热情，那么其中一只手松开，另一个人就会立刻死亡。但是，那些空中作业员相信，"把手松开"是绝对不可能的。

松开双手，投身跳下的一般都是女性（从物理学的角度讲，可能是由于女性的身体较轻），而伸开双手去接的一般都是男人（从物理学的角度讲，男人的腕力更大）。在这个孤立无援的空间里，有不顾一切向下跳的女人，用手接住的男人，还有抬头向上看的观众，这就是所谓的世俗。

这种通俗爱情剧的比喻，是一种被玩儿剩下的说法。就好像让心爱的女人站在门前，向她的周围不断扔剑一样，空中秋千无非就是为了向世人证明"二人之间无比的信任"。这个理论，是我在伯父的引导下得出来的。在这里，将秋千的远近、走钢丝（两组镜）时的悬空这些形而上的东西暂且放在一边，更能看到人与人之间那种错综复杂的矛盾。

我总觉得，"艺人们在将信任展现在观众面前的同时，也会考虑到可能发生的背叛"。

作为空中秋千中接人的一方，在表演的最高潮，如何去抵抗"想要松开双手"的诱惑?这其实就是最常见的爱情理论。看着那个睁开双眼、满脸微笑着跳下来的女人,越是习惯,就越觉得疏离。十多年前,在康尼岛的一家小餐厅里,我见过一个叫哈萨维的中年男人,他曾是一个表演空中秋千的演员,现在靠卖棒棒糖生活。他向我讲述了自己的那段经历,让我至今难忘。

"那个时候,我可是我们剧团最棒的演员。我的妻子凯瑟琳被一根绳子吊在空中不停地旋转,我站在空中秋千上。凯瑟琳对我有绝对的信任,不管多么危险的表演,从来都不畏惧。我们夫妻之间关系非常好,没有任何问题。

"在一个周日晚上的一场大型演出中,我突然想,让凯瑟琳在空中转个圈,然后跳下来,如果这时我突然将手缩回来,会是什么样呢?没有任何理由的想法。反正是一瞬间的想法,也许那时疯了吧,我立刻就觉得很后悔。

"但是在表演开始后,就在我即将接住凯瑟琳的时候,我的双手突然变得十分僵硬。我亲眼看见凯瑟琳的手心从我的手背上滑过,迅速坠落下去。我绝对不是故意的。我很用心,结果却失败了。一想到演出前我曾经有过那样龌龊的想法,就十分后悔,心像被撕裂一般。如果我没产生过那种想法,也许我就会把这件事看作是一场单纯的事故,能够尽早忘记,重新开始我的生活。"

哈萨维用他那喝酒后布满血丝的眼睛盯着我，继续说道："新闻报纸强烈地抨击我。他们居然还挖出了令人吃惊的事情：'被嫉妒冲昏头的丈夫，在表演空中秋千时杀害了妻子。'而我居然什么都不知道、茫然失措，只是看着报纸上刊登的凯瑟琳的照片痛苦不已。"

哈萨维揉了揉眼睛："如果不是知道了那件事——我之前真的不知道——我的妻子凯瑟琳，当时居然有了婚外情。"

我知道，哈萨维哭了。

空气女的时间志

少年时代,我曾见过某个巡演马戏团的演员,他们每个人都有一块手表。于是我问马戏团的空气女①:"每个人都有一块手表,不会造成争议吗?"空气女露出十分不可思议的表情,问我:"为什么?"我说:"每个人都有一块手表,不就不知道该以谁的时间为准了吗?"但空气女告诉我说:"没有人会因为时间起争议。因为每个人的时间都有自己运行的轨道,不会起冲突。"

那天晚上回到家,我告诉母亲想有一块属于自己的手表。但母亲指着家里唯一的一座挂钟说:"时间,要像这样放在一个大钟里,挂在家中才是最好的。家中的每一个人都处在同一时间,才是最幸福的。"从那以后,我认为"把时间放到手

---

①空气女是身穿充气服的马戏团演员。

表里带到外面，是难以想象的事"。

　　准备卖掉的挂钟，突然响了，抱着它走向荒野。

如果说挂钟象征的是"家"，那手表就象征着想要离开"家"的愿望。手表，到底是日常生活的非现实表现，还是深化了的日常生活？每个人都有不同的思考方式，但对少年的我来说，手表就像是那些巡演马戏团的旅途的同义语。如果深究，那么挂钟（家）被时针所支配，而巡演马戏团则是被秒针支配，快速地转完一周后又回到起点。这就像六十进位法一样深深地吸引着我，成了我创作文学、电影、戏剧的核心。

离开家的时候，我用绳子将挂钟捆了起来，让它停留在某个时间。

　　向天摇铃巡礼，地上卖淫的母亲
　　血一样赤红色的罂粟花
　　开满在家这个地狱
　　恐山的挂钟
　　我们成为不幸的孩子

少年时代的我，听着家中那个每个整点都会报时的挂钟，经常想它会不会撒谎。

85

明明是一点，却会响七下；明明是五点，却会报十二点。这是一个让昼夜时间颠倒的时钟的梦想。

就像是数字的诅咒，二、五、九连续报时，就是 jigoku（地狱），而一、五、六、四连续报时，就是 hito goroshi（杀人）。①

在深夜读切斯特顿②的推理小说，当时钟报十二点时，心里想着"已经十二点了"，然后继续读下去，过了大约一个小时，时钟再次报了十二点。

一个小时之后，时钟又报了十二点。就这样，小说已经读了一大半，我始终处在"现在是夜里十二点"的恐惧中。或者在报了十二点后，继续报着十三、十四……百、千、万，就这样一直响着。人们在数着数字的同时，开始产生了自己慢慢老去的幻觉。

　　针盒里的针已经生锈，而我和母亲却始终无法言归于好。

说起来，我曾写过一个患有时钟恐惧症的男人的故事。

---

① 日语中，"二五九"的连续拼读与"地狱"相近；"一五六四"的连续拼读，与"杀人"相近。
② G.K.切斯特顿（Gilbert Keith Chesterton，1874-1936），英国作家、文学评论家。

最近，有个男人想要自杀，询问他为什么，他说时钟很恐怖。因为时钟让他想起上吊自杀的母亲，就像被风吹动的钟摆一样。钟摆记录着时间，却很不可靠。他认为，用人决定的"时间"来判断日月星辰的变化绝不可取，所以自己要成为钟表。

在地上画一个圆，站在圆的中央，阳光照在身上，地面上出现影子，这个影子便是表针。人成了钟表的芯，因此一定没有比这个钟表更准时的了。他连日来无所事事，只是守着时间过日子，并对此感到快乐。如此一来，这个男人便再也没有迟到过。

从死亡的那天起，时间就被逆行记录，一直无法到达今天。

那个男人，连鸽子般喔喔的啼叫声都没能发出。

和时钟的声音一起消失的时间，内含了容易发生改变的偶然性，时常引发第二个故事。

"人体本身就是一个自动上弦的发条，是一个可以永久运动、活生生的样本。人体是一块巨大的表，制造得非常巧妙的表。"十八世纪法国唯物论者、尖锐的哲学家、医师朱利安·奥夫鲁瓦·德·拉美特利(《人类机械论》的作者)曾这样写道。而我因为那个患有"时钟恐惧症"的男人,在潜意识里,也试着将自己看作一块表。

手表的时间,看起来是它特有的时间,但也是历史时间的补充。可以这样说,想要逃离"时间"的控制,首先要将自己变成时间,时刻见证着"被记述的事实是历史,没有被记述的事实也藏在历史深处。"

儒勒·凡尔纳曾在他的《佐奇瑞大师》中,塑造了一个对表深深着迷的男人。其中有这样的语句:

> 机器通过自己的转动来测量时间,太可笑了。其实只需要使用日晷就可以了。
> 日晷这个东西!太可怕了。该隐的发明。

童　谣

小的时候，我总会将"死"读作"shimu"，而不是"shinu"，因此经常被大人批评。

但无论大人们怎样纠正，对我来说，人生的结束都不是"shinu"，而是"shimu"。

这种习惯直到长大后也没有改正，比如在说画家莫蒂里安尼名字的时候，我总是喜欢加上一个后缀——宝丽来相机，所以我一直叫他莫蒂里安尼·宝丽来相机。

这种错误可能是下意识的，并影响了我在诗歌方面的创作。我就像修鞋一样，总是记错啄木[①]或白秋[②]的诗歌，然后修改成自己的作品。也可以说，感受创作"伪作"的喜悦是我创作的目的。

---

①石川啄木（1886－1912），日本明治时代诗人、小说家与评论家。
②北原白秋（1885－1942），日本童谣作家、诗人。

我一直认为，只有经过自己之手加工完成的作品，才算是真正意义上的自己的文学，因此，我会创作"伪作"，并将它们收藏起来。

在这里，我为大家介绍其中一首童谣——《红色的鸟》：

红色的鸟，小鸟
为什么，为什么是红色的
因为吃了红色的食物，因为吃了红色的食物

教我这首歌的，是酒馆一位叫真由美的女招待。我学会了这首童谣，唱了两三遍之后，发觉自己的伪作病又开始发作，不能自已。

红色的食物，到底在比喻什么呢？这首歌是不是社会主义革命歌曲，或是为了讲述"近朱者赤"的道理？不管怎么说，这里面肯定藏着一个不为人知的故事。

于是，我按照同样的韵律唱了一遍：

红色的鸟，小鸟
为什么，为什么是红色的
因为喝了酒
被男人抛弃，喝了酒

但我总觉得缺了点什么，于是又重新修改了一遍。

红色的鸟，小鸟
为什么，为什么是红色的
因为沾上了溅出的血
杀男人时，沾上了溅出的血

修改后的童谣让人有一种恐惧感。原来在这首天真无邪的童谣背后，隐藏着一个杀人事件。

不知道教会我这首童谣的真由美女士，这个时候在做什么。

听说，一年后真由美女士和恋人分手，回到了自己的家乡。但是没有人能告诉我，她是不是还在唱着《红色的鸟》。

修改手相

为了偷偷改变自己的手相，我找来一根钉子。

小时候，总听人说，我的生命线很短，于是我用钉子将手掌划得鲜血直流。

钉子留在手上的浅浅的伤痕，随着伤口的愈合完全消失了，我的生命线依旧那样短。

不只是生命线，我的智慧线、命运线都不是很理想。

每次看着自己的手掌，我都会对未来感到悲观。那个时候，和我居住的村子隔着一座山的另一个村子，住着一位听说可以修改手相的叔叔。

据说，那位白发叔叔会让手相不好的人用手紧握写有神嘱的纸，三天三夜不可以打开，等到可以打开的时候，手相就会发生改变。

我也想去见见那位叔叔。

但是听说要花费五百日元，对我来说很不现实。对还是小学生的我来说，五百日元是一大笔钱，而且早早就失去父亲的我，一直和母亲相依为命，觉得在这种事情上花这么多钱不值得。

但是我也曾想过，我和母亲之所以过着这样贫困的生活，就是因为我的手相不好。

为了能够见到那位可以修改手相的叔叔，我决定做出一些牺牲。

准备卖掉的挂钟，突然响了，抱着它走向荒野

我用布包着挂钟，乘火车到了两站以外的一家小当铺，想借到五百日元。

那一天是北国特有的阴霾天，我横抱着挂钟，避开母亲的视线，偷偷溜出家门——为了改变一个被恶灵妨碍成长的十一岁孩子的手相。

但当铺没有要我的挂钟，因为这座挂钟的发条就像患了哮喘病一样，而且样式过于古老，根本不值五百日元。

那个时候的我，只好选择放弃去见修改手相叔叔的念头。

现在想想，尽管命运具有偶然性，但并不是所有的偶然都由命运决定。那个喜欢读《石童丸》、爱恋着母亲的少年，

并没有被自己的手相所左右,已经活过了三十岁。

不过,即使现在,我在看自己的手相时,也会产生一种落寞的感觉。让-保罗·萨特说过"存在先于本质",手相对我来说,到底是存在,还是本质?

招 魂

和死人对话,实在让人无法相信。

但是,第一次登上恐山时,我亲眼见到了巫女招魂,终于了解到,为死人招魂原来是有可能的。

恐山的巫女都是一些盲人老婆婆。农忙的时候,她们在田间劳作,闲暇的时候会来到灵场,与死去的人对话。

在乌云布满天空的北国,恐山上的岩石高高耸立着。山顶上,巫女们手拿念珠,嘴里说着一些类似咒语的话。

　　在通往死亡的山路旁,这是不属于这一世的、关于河原祭祀的物语。

少年时,我也曾通过招魂和死去的父亲对话。

尽管父亲说的话不多，但我已经非常知足了。当父亲附到巫女身上后，巫女的声音就变成了男人的声音，然后开始对我进行说教。但那绝不是单纯地模仿，而是真的"招魂"。有人认为招魂有二十四种样式，巫女会根据对方的境遇、死者的情况等实际状况选择其中一种。对我来说，这种唤出灵魂的方式也是相遇的一种，我感到很满足。

以前，招一次魂只需要五十日元，现在已经涨到了八百日元。有些巫女会在音调上下些功夫，或是让客人听一些特定的小节、曲调，但其中也有态度不好的巫女。

最近，很多客人似乎忘了和死者对话这件事的严肃性，比如有人想给亨弗莱·鲍嘉[①]招魂，或是想给堕胎的胎儿招魂等，给巫女出难题。

说起来，我第一次去恐山请巫女招魂时，遇到了一件不可思议的事情。一位失去妻子的年轻丈夫为妻子招魂，妻子附到巫女身上说："其实我真正喜欢的男人并不是你，而是住在隔壁的正造先生。"丈夫非常愤怒，一气之下掐死了被妻子附身的瞎眼巫女。这位过于信奉招魂的丈夫因杀人罪进了监狱，让人十分惋惜。

丈夫一直对警察说："我掐住的是死去的妻子的脖子。"

[①] 亨弗莱·德弗瑞斯特·鲍嘉（Humphrey DeForest Bogart，1899－1957），生于美国纽约，美国电影演员，美国电影学院将他评为电影诞生百年以来最伟大的男演员。

但实际上被杀死的却不是他死去的妻子，而是巫女。

我现在正在恐山写这篇文章。时隔二十年再次来到这里，已经是秋天了。我一直觉得没有死人做朋友，是一件很寂寞的事。但认为需要有死人做朋友的人，应该更寂寞吧。

给影子作画

我一直在收集影子。

每次听到我这么说,朋友们都会问:"什么?怎么做到的?"并露出很吃惊的样子。

说是收集影子,但影子会随着光的消失而消失,无法搬运,也无法保存。

月光或灯光下出现影子的时候,我会用黑色厚纸板拓出影子的形状,然后剪下来。

我会在剪下来的影子上写上日期,然后像日记一样保存起来。其中有长发人的影子,也有短发人的影子,还有穿着外套的人的影子,当然也有穿着衬衫、腋下夹书的人的影子。尽管每个被剪下的影子看起来都一样,但他们那种固有的表情却吸引着我。

我在童年时代曾读过冈本绮堂[①]的一部短篇小说《影子被踩的女人》，讲述了一个女人迷信于自己的影子如果被别人踩了，就会在一年内死去。在一个月夜，她的影子被别人踩到了，于是她疯了，在有光亮的时候绝不出门。

那些关于"影子"的历史，比如占影术，或是影子附身等，都很有趣。但我热衷的收集影子的剪纸，纯粹就像记日记一样，没有太多其他因素。当然，收集了几百张影子的剪纸，对影子没有任何想法也是不可能的。

一般来说，只有真实存在的物体才会有影子，但也有很多没有实物，只有影子的场景。比如高松次郎[②]创作的影子系列绘画作品，就是如此。他将创作的焦点放在无人经过的墙壁，或是宴会结束后的大厅，将这些地方在一天中出现的影子画下来。

看到高松次郎坚持十年只画影子，我突然对他本人的影子有了兴趣。我将他影子的形状用纸板剪下来保存。弗雷德里克·布朗[③]曾写过主题为"实物只是影子，而影子才是实物"的小说。我还曾读过一个让人捧腹大笑的怪谈：有个人被枪击中后，身体没有摇晃，但他的影子死了。

---

① 冈本绮堂（1872－1939），日本小说家、剧作家。
② 高松次郎（1936－1998），日本前卫美术家。
③ 弗雷德里克·布朗（Fredric Brown，1906－1972），美国科幻小说、推理小说作家。

有时候，我觉得影子比我的行动慢半拍或快半拍出现，是一件很有意思的事。

走在我前面的影子遇到了突发的死亡事件，它的本体却不想死。尽管想要分开，却无法摆脱走到哪里都要在一起的影子——也许人生就是这样的一场游戏。

伪造的明信片

在阿姆斯特丹的一座海港小镇，有一家小小的旧货店，里面摆放着各种各样的东西，很多都是粗糙的赝品。

狗的标本，全部死去的某个家族的合照，坏了的门把手，装在瓶子里的鸭子。

而我最喜欢的是那些老旧的明信片。

那是船员们给自己在不同港口认识的女人寄出的明信片，还盖着数十年前邮局的印章。这些明信片被用画框装饰起来出售，让我觉得很有魅力。

在彩色照片还没有出现的年代，明信片上的图案都是人画上去的，一段时间后就会变色，有一种异样的色彩。那些罗马教皇，不是已经死去，就是已经退位，身边围绕着儿孙，也许已经彻底忘了那些曾经有过一夜情的女人。但明信片是不同的，"想见你""爱你"，在这些特定的语言文字的装饰下，就连路过的人都可以感受到其中的愉悦。

纽约索霍区开了一家专门卖明信片的店，店里摆放着很多用过的明信片，销量非常好，掀起了一股复古热潮。通过购买这种使用过的明信片，人们似乎可以满足"购买别人的过去"的欲望。因为过去真实发生的事变成了故事，比起虚构的小说，这种真实性更让人感兴趣。

听说这种明信片有很多是伪造的时候（并不是一个真实存在的人寄给另一个真实存在的人），我突然也产生了兴趣。于是，我打算自己做一些明信片。1977年2月，我开始了这个游戏。我先拍摄了几十张黑白照片，经过脱色后，再人工上色。之后，我找了一支十分古老的笔，给一位虚构的女人写了一封情书，并写上地址，贴上了昭和初期的一枚邮票。

我又到印章店刻了一枚邮戳（横滨→上海）（上海→横滨）盖在邮票上，然后将明信片放到阳光下暴晒，使之褪色。

最后，我又做了一些类似褶皱的纹路。完成之后，连我自己都觉得做得非常好。明信片上的时间设定在昭和四年七月，在上海的我给在横滨一位叫康子的女人写了一封情书。

我出生在昭和十一年，因此这个设定是完全虚构的。如果这个设定变成了事实，就会有另外一个已经七十四岁的我存在于过去。

一位年纪轻轻就去世的诗人曾说："不曾发生的事情，也存在于历史之中。"

关于书桌的故事

据说，有人特别喜欢大书桌。

有些作家近乎病态地认为，越大的书桌越能创作出好的作品，宽五米的四方形书桌都算正常，有些人甚至会用一张书桌填满六叠榻榻米大小的房间。

整晚都在巨大的书桌上走来走去，也许能够带来创作灵感。而且在桌子上走来走去确实是一件让人感到愉快的事。

那位创作了《格列佛游记》《书的战争》的讽刺文学大师斯威夫特，就特别喜欢大书桌，而革命诗人马雅可夫斯基，却在大餐厅里满是痕迹的桌子上进行创作。

我的一位建筑行业的朋友说，不只要看书桌的面积，还要考虑书桌的高度，书桌和椅子的配置等，才能让写作的人天马行空，回忆过去。曾经有一位被很多杂志编辑看好的流行作家，听说他的书桌是专门定做的。这位作家每天晚上都要写出一百多页稿纸的内容。他的书桌有 1.5 米高，因为他坐着写东西容易产生困意，所以都是站着。

一旦觉得困了，就一边踏着双脚，一边创作。

而我，虽然在写关于书桌的文章，却没有自己的书桌。首先，我住的地方很小，没有可以当作书房的地方。还有一个原因，我没有办法在同一个地方连续创作。我最喜欢的是带上稿纸、几支铅笔，以及自己喜欢读的书，去家附近的咖啡厅。

构思长篇大论的时候，我喜欢去有木质桌子的小咖啡厅。在那里，透过那些木质桌子，可以让我感受到历史。那位少言寡语的店长，亲自为我冲泡咖啡。咖啡的苦味在口中回味无穷，周围回响着钢琴曲。对我来说，这是最好的搭配。

如果要写关于赛马的文章，我就会跑到中华料理店。不过，小酒馆里的桌子也很合适。

水果吧台的玻璃桌很适合写电影观后感。将书包横过来放在膝盖上，就是一张桌子，可以在上面写几首短歌。总之，有人的地方就有桌子。

人类发明书桌之后，许多人像快乐的受虐狂一样被禁锢在书房里，忘记了街头巷尾的魅力——当然，这只是我个人的观点。我一直认为，书桌并不是"有"的，而是"成为"的。

我对书桌的研究到这里就结束了。

女人还是老虎

运动场里坐满了观众。

竞技场中央有两扇门,听说一扇门后面是一个美女,另一扇门后面是一只老虎。

但是入口处被遮挡了,无法看到里面。

年轻的男人要在全场观众的注视下,打开其中一扇门。如果出来的是老虎,年轻人会被老虎吃掉;如果出来的是美女,他们二人将结为夫妻。

年轻人迅速看了一眼贵宾席。

贵宾席上坐着国王和公主。公主和这个年轻人是一对恋人,他们的恋情被国王发现,才有了这样一场竞技。年轻人将求救的目光投向公主。

公主知道哪扇门后面是老虎,哪扇门后面是美女,她是整个竞技场里唯一可以救年轻人的人。

年轻人向公主发出了求救信号，而公主面无表情地看着他。年轻人十分踌躇。

公主为了挽救恋人的性命，可以忍受他被另一个女人夺走？或是公主为了维护自己的爱情，宁愿让恋人选择死亡？对年轻人来说，这是一个不解之谜。就这样，年轻人走到其中一扇门前。

年轻人打开的究竟是公主暗示他的那扇门，还是另一扇门？

这个故事从古代流传至今，答案也是五花八门。

很多作家对这个谜题做出了解释，每一个答案看起来似乎都是最佳答案，却又都像是编造出来的谎言。

我也曾深深地思考究竟是女人还是老虎，但得出的结果却是"不管打开哪扇门，出来的都是老虎"。

公主应该是将后面是老虎的那扇门告诉了年轻人。对女人来说，与其自己的爱人被别人夺走，还不如让他去死。如果年轻人打开的不是公主暗示的那扇门，也许可以挽救自己的生命。但他这样做，对公主来说就是背信弃义。即使活了下来，又有何颜面去面对公主？

有时候，拥有智慧是残酷的。所谓智慧，就是选择打开哪一扇门。年轻人如果选择活下来，就会变成一个孤独、不快乐的人。

在这种情形下，他只能选择被老虎吃掉。我觉得，这才是最纯粹的抉择。《鹅妈妈童谣集》也是这样教我们的。

> 我在孩童时代
> 有些小聪明
> 但那都是以前的事
> 不管到什么时候
> 这些都不会伴我到死
> 当我不再拥有更多的时候
> 活得时间越长
> 我就越像个笨蛋

2分30秒的赌博

一名罪犯逃亡到了边境。

只要越过边境线,他就安全了。

于是他打算在边境上的一个小店里喝杯咖啡,休息一会儿。

只要走出这扇门,外面就是自由的天地了。

喝完咖啡后,他看到旁边放着一台唱片机。

有很多怀旧的曲子。

于是他投了10美分,听了起来。

晴朗的天空,鸟儿在鸣叫。杀人后拿到的钱,穷其一生都享用不尽。

那些歌曲似乎就是他当时心情的写照。

曲子结束了,他站起来。

这个时候,他发现身旁站着一位手拿手铐的警察。

自由就在眼前,他却被捕了,关进监狱,这一生再也见不到阳光……

在门口,男人停下来问店员:"这首曲子时长多久?"

店员回答:"大约 2 分 30 秒吧。"

这是我最喜欢的、由约翰·休斯顿执导的电影《夜阑人未静》中最后的场景。

只不过休息了一首曲子的时间,只不过想像普通人一样生活 2 分 30 秒,却毁掉了他赌上一生才获得的成功。观众们不得不思考,这是一首多么昂贵的曲子啊。比较一下 2 分 30 秒和人生的长短,会让人觉得浪费一首曲子的时间,是一件多么愚蠢的事情。

为什么会怀念这样一部历史久远的影片呢?

是不是因为影片中出现的玛丽莲·梦露?

这个原因肯定是有的。

但比这个更重要的是,我总觉得 2 分 30 秒和将近 41 年的赛马历史之间有着必然的联系。

大前年,明瑞以 2 分 28 秒 7 的好成绩跑完了赛马场 2400 米的全程(这是日本赛马史上最好的成绩)。

前年,Shinzan 跑出了 2 分 28 秒 8 的成绩。去年,Keystone 在一座条件不好的赛马场跑出了 2 分 37 秒 5 的成绩，那天还下着雨。这些都差不多是一首曲子的时间。弗兰克·辛纳屈的《芝加哥》也差不多是同样的时长。

在义气和亲情之间
男人总是更看重义气

高仓健演唱的这首《唐狮子牡丹》，也是2分30秒左右的长度。

为了长度大约是一首曲子的时间，而赌上一生的优质种马，让人觉得十分悲凉。

对人类（尤其是那些平凡的上班族）来说，2分30秒是一个完全可以被忽略的时间概念。他们中的大多数人，根本不会赋予2分30秒任何意义。

对那些无所事事、会对电影《没什么有意思的事情吗》的名字产生共鸣、沉迷于麻将的上班族来说，2分30秒可能只是"在麻将桌上决定好位置，庄家掷骰子，开始出牌……"这样一段时间。

2分30秒可以吃两碗面条，2分30秒可以用甜言蜜语说服一个女孩，2分30秒可以读完20页岩波文库出版的《国家与革命》……这些都只是日常生活中的一部分，没有人会产生用这段时间去"赌上性命"这种夸张的想法。

但是，用很短的时间去赌一件事，却让我觉得很有亲切感。究竟是什么原因呢？也许是因为比起3天，3分钟内感受到的生命价值，会让人觉得"可以活的时间更长"，能够让人更加真实地体会到"在有限的时间内努力活下去"的那份荣耀与凄凉。

逃亡一代 Keystone

很多马都在奔跑中死去，其中最让我难过的是 Keystone 的故事。Keystone 是一匹体型小巧的马。从第一场比赛开始，它就一直作为先头马被其他的马追赶着，直到它六岁时在阪神大赛上意外死亡。它在跑到第四圈拐弯处的时候，筋疲力尽地倒下了。

我有一位朋友是酒吧的调酒师，来自韩国，姓李。他最喜欢的一句话是："夕阳，快点儿啊。"他用炭笔将这几个字写在纸上，写得很大，然后贴在家中的墙上。我问他这句话是什么意思，他却没有回答。他在韩国的时候，曾因盗窃被送进少年管教所，之后就在不断地逃跑中度过了自己的青春。我想，这句话里包含着他的悲伤和怨恨。

李总说："我是一个弱者，我只能选择逃跑。""我那些强者朋友，一直在和法西斯分子斗争。"

我教会李赌马。李总是选择赌马报纸上注有"逃跑"的马匹。在福岛和函馆的时候，他的运气还不错，但到了府中，却很少赌赢。这时，Keystone 出现了。

这匹皮毛像鹿一样的小马，我总觉得它的出现是命中注定的。它不像 Tamami 那样激烈，也不像 Berona 那样华丽，更没有 Hishimasa Hide 那般魄力。它就像偷了东西的少年，在荒野上全力奔跑，有一种让人无法言说的悲剧色彩。

在函馆的第一站，Keystone 在满是泥浆的赛马场上，成功甩掉了身后所有的马匹。从那以后，Keystone 就开始了它的逃亡生涯。它在札幌"逃跑"成功，在京都取得两次胜利，之后又赢得弥生奖。它六战全胜，其中三战刷新了纪录。尽管如此，透过 Keystone 的眼睛，我总能看到它在害怕什么。对喜欢赛马的人来说，它绝对算不上一匹实力强劲的马。

那段时间，李总是赌 Keystone 赢，因此有了一些存款。当被称作 Kodama 和 Shinzan 的后继者的 Daikota 出现时，Keystone 的连胜终于画上了句号。Daikota 在春季大奖赛上超越了 Keystone。之后的 Satsuki 大奖赛中，Keystone 也只夺得了第十四名，完全成了一匹只会逃跑的马。赛马爱好者们开始叹息，认为 Keystone 已经走下神坛。

在赛马界，Daikota 逐渐引人注目，而人们对 Keystone 的评价则越来越差。在一个有赛马比赛的日子，早上就下起了大雨。我正在睡觉，被一阵急促的敲门声惊醒，打开一看，李穿着雨衣站在门口。他告诉我，警察正在到处抓他。我问他出了什么事情，他并不回答，只是说准备马上偷渡回国。最后，李说："拜托，把我所有的钱都押在Keystone身上。"我打心里觉得这是浪费，但又不能对李表达出我的真实想法。之后，李转身消失在了雨中。

本以为这次比赛是Daikota展现实力的时刻，却没想到Keystone拼尽全力赢了这场比赛。于是我想，Keystone的胜利在某种意义上暗合了李的政治逃亡生涯。

> 点燃火柴，在火光中，我想起了海面上的浓雾
> 那个值得让我用生命去保卫的祖国，是否存在？

在那之后，Keystone再次取得连胜。每当Keystone胜利的时候，我似乎都看到了成功逃脱警察追捕的李的身影，也许Keystone的比赛就是李带给我的信息。

昭和42年12月17日，阪神赛马场，Keystone在第四圈的拐弯处倒下去的瞬间，我好像看到了李。

就像朝鲜海峡上空的一声枪响，Keystone倒了下去，而我的朋友李，也永远失去了消息。

寻找马洛的模样

说到私人侦探，我觉得没有人比得上菲利普·马洛。

菲利普·马洛是钱德勒创作的小说中出现的男人，四十岁左右，身高185厘米，总是穿着一件老旧的风衣，戴着一顶呢帽。他喜欢喝黑咖啡，最喜欢的鸡尾酒是苏格兰苏打，最喜欢用的手枪是柯尔特自动手枪和SW38。

好莱坞科恩加大厦六层最里侧日照不好的那个房间，是马洛的事务所。他没有助手，在闲暇的时候会一边喝着酒，一边看关于国际象棋的书。

从形象上看，他和亨弗莱·鲍嘉比较像，但比起鲍嘉，马洛更高，显得更有智慧。

少年时代，我印象中的私人侦探应该是藏在隐蔽的地方，挖掘别人的隐私，不断恐吓他人的男人。但自从读了钱德勒的小说后，我对私人侦探的看法彻底改变了。

无论是菲利普·马洛、萨姆·斯佩德（达希尔·哈米特小说中的侦探）、麦克·汉默（米奇·斯皮兰小说中的侦探），还是刘亚契（罗斯·麦唐诺小说中的侦探），他们从来都不依靠警察的力量，而是自己和恶势力抗衡。

失去父亲的我，不知从什么时候开始变得非常钦佩私人侦探，越来越喜欢读侦探小说。其中我最欣赏的是菲利普·马洛，究其原因，可能是他让我有一种亲切感。

罗斯·麦唐诺笔下的刘亚契，是一个"有着钢铁般的心脏，犀牛般的皮肤的男人"，吸引了很多读者，但我却觉得菲利普·马洛更有人情味。

在《漫长的告别》中，一个叫琳达的女人说："马洛先生，您真是个多愁善感的人啊。"

在美国那种十分现实的地方，马洛却还保有人情味。

埃利奥特·古尔德饰演的菲利普·马洛（电影《漫长的告别》，罗伯特·奥德曼导演），住在一间单身公寓里，还饲养了一只猫。

马洛忙起来的时候，根本没有时间照顾猫，因此猫总是和他闹别扭。

有一天，猫最喜欢的一种罐装猫粮吃完了。于是，刚刚结束了杀人事件调查的马洛，为了一罐猫粮，拖着疲惫的身体，半夜开车跑到24小时营业超市。但他没有买到自己想要的猫粮，就随便买了其他牌子的，回到家后放到罐子里给猫吃。

猫摇着头拒绝。

马洛低声下气地恳求道:"就吃一点儿吧。"

从1945年开始,先后有迪克·鲍威尔、鲍嘉、罗伯特·蒙哥马利、乔治·蒙哥马利、詹姆斯·加纳、埃利奥特·古尔德和罗伯特·米切尔,共七位演员饰演过马洛这一角色,但没有一个人符合我心中马洛的形象。

因此,每当我读钱德勒的小说时,会一直注视着父亲的照片,然后点点头。

啊，蝙蝠伞

下雨的时候，我总会撑蝙蝠伞[①]出门。

如果回家的时候天晴了，我就会把伞落在什么地方。

我已经记不清丢了多少把蝙蝠伞。

虽然有丢三落四的毛病，但我还是会买蝙蝠伞。

尤其是几年前看了墨西哥电影《鼹鼠》[②]后，就完全迷上了蝙蝠伞。

影片中，一身黑衣的男人骑在马背上，撑着蝙蝠伞奔向沙漠的场景，让我难以忘怀。

一个男人在沙漠中立了一根木棍，将其当作日晷计时。

[①] 蝙蝠伞 (Bat Umbrella)，收起来的时候与普通雨伞无异，打开后是一只振翅飞翔的黑色蝙蝠的形状。

[②]《鼹鼠》是墨西哥导演亚历桑德罗·佐杜洛夫斯基的作品，讲述了一位名为"鼹鼠"的枪手，因妻子被杀，被迫走上复仇之路。电影中的"鼹鼠"就撑着一把蝙蝠伞。

鼹鼠骑着一匹黑马从对面奔驰来。在他身后有一个全裸的男孩紧紧地抓着他。鼹鼠跳下马背，将孩子放到地上，然后收起蝙蝠伞，说："你今天七岁了，已经是个大人了，把你母亲的照片和玩具一起埋掉吧。"

男孩埋掉玩具熊和母亲的照片后，蝙蝠伞再次打开，这个时候，男孩长大成人。蝙蝠伞是用缝纫机做成的，当它被赋予超现实主义含义的时候，就不只是一件雨具了，它会在众多文学作品、电影、剧本中发挥独特的作用。

有段时间，那种只要按下伞柄上的按钮，就可以立刻撑开的伞十分流行。按按钮时，我的心情就像少年第一次打开折叠刀一样兴奋。我虽然不知道蝙蝠伞起源于何处，但依旧非常喜欢。

最近，在我拍摄的照片或电影中，总会有蝙蝠伞出现。与其说是情节的需要，不如说是我对蝙蝠伞的喜欢。在浴池中也要撑蝙蝠伞的中年男人，将蝙蝠伞当作翅膀；从屋顶上跳下摔断脚的男人，将收起来的蝙蝠伞当成剑，进行击剑表演。

还有蝙蝠伞下的男人和女人。蝙蝠伞是这个世界上最小的可以容纳两个人的屋檐。不过，撑起蝙蝠伞就不需要穿雨衣了，因此，那些喜欢雨衣的人（例如亨弗莱·鲍嘉），基本上不用蝙蝠伞。

太宰治一心想要自杀的时候，他的朋友曾送给他一件礼物——一件夏天穿的浴衣。于是他这样写道："为了能够穿上这件浴衣，我一定要活到夏天。"同样的，我在买了新蝙蝠伞的那天就会想，无论发生什么事情，一定要活到下一个雨天。这也是一件可笑的事情。

会游泳的马

去巴黎的时候,我在塞纳河畔发现了一家古董店,店里摆的一幅画让我觉得不可思议,从而驻足不前。

画上是游泳的马。

在这之前,我从未想过马游泳的画面。

"这是写生画吗?"

老板看了看我,既没有否认也没有肯定。

"这是纯种马吗?"

我再次提出问题。

老板很不耐烦地回答:"这是莫依法!"

莫依法,1895年出生于新西兰的霍克湾地区,父亲是纳塔托鲁,母亲是著名的障碍赛选手丹波。

莫依法三岁的时候,有人花50英镑买下了它,还给它做了绝育手术,之后它就开始了日复一日的障碍跳马练习。

莫依法是个天才,它拿到了新西兰所有障碍赛的冠军。

报纸上是这样描述莫依法的:身高超过十七掌,长着印度牛一样的鬐甲。

莫依法八岁的时候,整个新西兰已经找不到能与它匹敌的对手了。于是,那些赛马爱好者认为它应该走出新西兰,去挑战英国的赛事。

相关人士准备好船,打算把莫依法送到英国。出发那天,数千赛马爱好者前去送行,莫依法的人气可见一斑。

但是,谁也没有料到这艘货船在途中遇到了可怕的暴风雨,船沉没了。

赛马爱好者们的梦想,和整艘货船一起在暴风雨中被摧毁,船员全部罹难。人们认为,莫依法也难逃一死。

出乎意料的是,几个月后,经过那里的渔夫说,总能听到无人岛上传来恐怖的声音。渔夫觉得那是马的叫声。

一位船长经过无人岛附近时,用望远镜看到岛上确实有一匹马。渔夫们纷纷猜测:"那匹马是不是几个月前遇难的莫依法?"但船长认为那只是一匹野马而已。

相关人士半信半疑地登上了无人岛,发现真的是莫依法。

报纸上又开始刊登这样的新闻:"那场暴风雨吞噬了整艘货船,但莫依法却奇迹般地活了下来。没有人知道它是如何战胜大海的,这成了一个谜。"

没有人知道莫依法是如何从船舱底部的马房中逃出来的,

也没有人知道它是如何游过了狂风暴雨的大海。

但最重要的是，莫依法活着回来了。

"战胜了狂风暴雨"的莫依法，又被赛马爱好者们重新寄予了走向世界的梦想。

它重新开始了训练，一年后参加全英锦标赛。尽管莫依法像一位"传奇人物"被人们所喜爱，但在异国，它的人气并不高。

"人们喜欢传奇，但赌博则更加现实。"骑手萨姆大叔如是说。

但是，莫依法在比赛中跨越了一个又一个障碍，以绝对的优势取得了胜利。

特意从新西兰赶来的赛马爱好者说："莫依法可以战胜狂风暴雨中的大海，还有什么可以阻挡它呢？"

对这匹传奇的纯种马，报纸是这样报道的："这是一个让每个人都十分感兴趣的话题。这匹马遭遇了海难，却用自己的力量游过大海，活了下来。我们调查了它的血统，发现一件很有意思的事情。'是什么？'萨姆大叔回答道：'莫依法的父亲名叫纳塔托鲁(Natator)，在拉丁语中就是游泳的意思。'"

为什么我会关注"会游泳的马"这幅画呢？其原因是，初中一年级的暑假，我在河边给马洗澡，脚下一滑，被浪打到了河里。

我以为河水很浅，没想到却非常深，我溺水了。

当时，马看了一眼溺水的我，毫无反应。我呼唤着马的名字，然后就失去了意识。

恍惚中我做了一个梦，梦到自己横在马背上，马驮着我游过了河，之后的事情我就完全忘记了。我想，我的马绝对成不了莫依法，因此它只能在拉车中老去。

从那以后，我患上了恐水症，再也没有下过水。有时我也想，如果我的马是莫依法……不过很遗憾，它不是。

我伫立在塞纳河畔的古董店里，注视着那幅"会游泳的马"。

旅行结束的时候

终于还是没有成为父亲
眺望着大海中那只游泳的老狗

我在《尼斯晨报》的一角,用圆珠笔写下了这首短歌。

看着在海中奋力游泳的老狗,不知道为什么,我觉得这并不是事不关己的事情。

游泳的老狗和年老的我,让我们紧紧相连的,也许是对旅途的感伤。在那个无人的早上,当我发现在大海中游泳的其实是一只老狗的时候(当我知道那是我所熟识的年老的公狗布朗肖的时候),突然觉得它与我的旅途相重叠,不由自主地写出了"终于还是没有成为父亲"这样的词句。

我也曾结过婚,也有过成为父亲的机会。但那时,我从未想过要成为一位父亲。离婚多年后,我一个人在法国南部旅行，说出"终于还是没有成为父亲"这样的话，就像提起了多年前的一个玩笑，十分愚蠢。

有必要思考一下父亲和旅行之间的关系。

父亲，是一种反复，也是一段历史。博尔赫斯写道："镜子和父亲身份是可憎的，因为它使宇宙倍增和扩散。"但是从那些认为"可视的东西，不是幻觉就是谬误"的诗人们的灵神立场来看，父亲所带有的厌烦性，其实是对历史所拥有的生产性的比喻。

而旅行，是一次性的，是地理位置的变化。旅行就是经过一个个不同的地方，不会再衍生出新的事物。

我曾经认为："男人的旅行，就是为了逃离父亲。"这里的"逃离"，并不是指从父亲身边逃离，而是逃避作为父亲的责任。

既然想要逃避作为父亲的责任，为什么还要在旅途中，说出"终于还是没有成为父亲"这样的话呢？

我有一种预感，我的旅行马上就要结束了。

父亲也许会回来　晚上　电视正在播放无人驾驶飞机

Ⅲ

我之谜

西班牙启示录——洛尔迦

加西亚·洛尔迦是一位死过两次的诗人。

第一次,他死在自己的作品中。第二次,他死于西班牙内战,遭到佛朗哥政权的迫害。在他去世的那一年,1936年,我出生了。不知从什么时候开始,我被他创造的死亡世界吸引,不断地诱惑我从他打开的阳台出发,向着那座在黑夜中能够听到潺潺流水声的小村庄走去。

在诗中,洛尔迦这样写道:如果我死了,就让阳台敞开着。①

他希望,即使自己死了,也可以透过阳台,看到孩子吃橙子的样子。对洛尔迦来说,生死之间,其实只隔着阳台的一道门而已。也许你无法接受,但从洛尔迦的角度来看,生

---

①语出加西亚·洛尔迦的诗《告别》(*Despedida*)。

死并不是对立的,只不过是所处的位置不同而已。

因此,洛尔迦描写的家乡景象是这样的:死神穿梭在居酒屋里,或是死去的女人唱着歌在河面上漂流。

> 人们都躲在家中,
> 星辰守护的夜空开始陷落,
> 可以看到那头上插着火红蔷薇的
> 已经死去的女人。

我和勒·克莱齐奥[①]去西班牙旅行的时候,曾在一个月夜,讨论过关于"中国哭丧女"的话题。克莱齐奥说,做死亡的买卖,真是太奢侈了。

我向他讲述了自己小时候做过的一个梦。梦中我出卖了自己的死亡,变成了一个无法死去的人,只能永远在街上徘徊。在格拉纳达的街上,经常会看到黑色的马和很多看上去非常不幸的男人经过。死亡在这里就像四季更迭,来了又走,走了又来。但这只是被政治化的表象,并没有触碰到本质。

山口昌男曾经写道,洛尔迦的死,"其实是为了彰显在西

[①] 勒·克莱齐奥(Jean Marie Gustave Le Clézio),法国著名文学家,出生于1940年,当今法国文坛的领军人物之一,与莫迪亚诺、佩雷克并称为"法兰西三星",于2008年获得诺贝尔文学奖。代表作品有《诉讼笔录》《寻金者》《罗德里格岛游记》等。

班牙这个巴洛克的世界里,以死亡作为基底,衬托出选择生的瞬间的高扬性和飞翔性,是最正统的思考方式"。但在格拉纳达的月夜下,醉眼朦胧地坐在酒肆里,你会发现,死并不是为了衬托生的高扬而成为基底的,死与生处在同一高度。偶尔由于风向的不同,所有的人都会死去,抑或所有的人都会重生。

　　月亮死去了,虽然月亮死去了
　　但春天复苏了

　　我对克莱齐奥说:"并不是生结束了,死亡才会开始。""死,其实是活着的人虚构出来的,当生结束时,死也随之结束。"
　　但克莱齐奥说,即使如此,死还是成了生的附属品,受到活着的人的操纵。
　　当你身处西班牙的时候,你就更能体会到,"死亡在一天之中,来来去去"。这并不是在暗讽佛朗哥政权的压迫,而是活生生的,像泥土的记忆一样存在。
　　每当我接触到洛尔迦作品中那些死去和活着的人物时,都会想起格拉纳达的街上,那些像影子一样走过的黑色的马,和那些弹着吉他的不幸的男人。
　　在洛尔迦的戏剧作品《血的婚礼》中,幸福的新娘刚刚举行完婚礼,却受到死神的诱惑,在月夜的森林里和死神私通。新郎在与死神的决斗中死去,只剩下新娘一人。对活下来的新娘来说,于现实中死去的新郎,却活在了"灯芯草的哀怨和低吟中"。

也许从表面上看,这两个人是生活在一起的。

我夹在洛尔迦诗歌中的西班牙和现实中作为观光地的西班牙之间,不由得想到,在这个世界上,并不是只有生和死,在死之外,还有另外一种死存在。也许,死就隐藏在我们的言语之间。

为什么这样说?因为在无法用语言表达的情况下,就变成了"那个东西,还没有死"。

父亲不在——博尔赫斯

蹲在家门口的老人,不断地讲述着几十年前发生的事情。某个瞬间,这件事就在家中的某个角落真实重现了。

这是博尔赫斯的小说《家门口的男人》的故事梗概。

水滴石穿,就像几代人都在研究的格言一样,老人那被时光磨平的时间,像短跑运动员一样赶超过去的"我"的时间,这两个时间形成的圆环的交汇处,就是博尔赫斯的视角。

在博尔赫斯看来,"世界,就是一个记忆的圆环",因此,"所有最初看似新奇的东西,最终都将被忘却"。

这位老一辈的前卫作家1899年出生在布宜诺斯艾利斯。他7岁的时候就缩写了《希腊神话》,23岁的时候出版了诗集《布宜诺斯艾利斯激情》。

不过,博尔赫斯作为二十世纪最重要的作家之一而广受关注，是在他50岁之后。他发现了"阿莱夫"[①]，一个直径只有3厘米的球体，却可以看到整个宇宙的细节；他还简明扼要地讲述了举世闻名的狮身人面怪物的故事[②]。

读过博尔赫斯的小说后，就会了解我们生存在其中的圆环结构和它内在的无限性。

因为"不死"，我们被赋予了在迷宫中徘徊的命运。在《两位国王和两座迷宫》这部短篇小说中，博尔赫斯描绘了这样一个场景：

有一天，巴比伦王国的国王召集建筑家和魔术师，命令他们建造一座"聪明的男人都不敢走进的错综复杂的迷宫"。

然后，他诱使前来谒见的阿拉伯国王走进这座迷宫。阿拉伯国王被迷宫搞得狼狈不堪，最终在神的帮助下逃了出来。他回到自己的国家后，召集军队，攻陷了巴比伦国，并俘虏了国王。

阿拉伯国王对巴比伦国王说："你也来试试我的迷宫吧。"然后将巴比伦国王绑在骆驼上，赶进了广袤无边的沙漠。这个叫"沙漠"的迷宫，"没有可以攀登的阶梯，没有可以打开的门，没有无尽的回廊，也没有悬崖峭壁"，是由全知全能的

[①] 出自博尔赫斯的小说《阿莱夫》，小说中描述了一个球体——阿莱夫，透过它可以看到无穷的宇宙。
[②] 狮身人面怪物曼第可拉是博尔赫斯在《想象的动物》一书中描述的一种动物。

神创造的真正意义上的迷宫。这也是博尔赫斯讲述的一个鲜活的复仇神话,"对于希腊人而言,迷宫就是一条直线"。

博尔赫斯在小说中运用了很多非常有特点的意象(如"镜子""虎""图书馆"等),其中让我印象最深刻的是关于"父亲"的内容。"父亲"和能够映照出全世界的"镜子"是同义的,因为他能够"让宇宙繁衍并扩散",是不死的。

雨果·圣地亚哥曾是博尔赫斯的秘书,也是我的朋友。他导演过一部电影,名为《战火浮生录》(由博尔赫斯编剧)。这部电影的主人公是一位父亲,他一直在寻找失踪的儿子。

父子二人在塞纳河边经营着一家小小的书店,但是有一天,儿子就像书架上的书凭空消失了一样,突然就不见了。父亲认为,儿子就像图书馆里所有的男人一样,到什么地方旅行去了。

从父亲的角度来看,他经营的这家书店就是整个宇宙,因此,离家旅行的儿子成了被忘却的存在。天文台,带着老虎面具的女儿,不知道本来面目的魔术师们……这一幕错综复杂的超现实主义画面,引诱着父子走进了迷宫,变成了同一人格。

在这部几乎没有故事情节的影片中,无论父亲打开哪扇门,走到多远的地方,最终都会发现,自己走不出书店这个空间。这个时候,儿子的朋友告诉父亲,他的儿子要去拍一部电影。

儿子(Machiu)的朋友告诉父亲："他想拍的电影的主题是死亡。"

已经八十多岁的老博尔赫斯，变成了一个盲人，而且是一个不死的盲人。

但也可以这样说，视网膜看到的只是事物的表面，成了盲人，才拥有了可以看到更深刻的内容、洞察一切的眼睛。作为一位父亲，又老又盲的博尔赫斯，也许是希腊神话中俄狄浦斯生命的延续。

在不知情的情况下，杀死自己的父亲，并娶了自己的母亲为妻的俄狄浦斯，刺瞎了自己的双眼。

在反俄狄浦斯的时代，老博尔赫斯占据在父亲的位置之上，在入口处，将这个"几十年前发生的事件"作为一个现代预言来讲述。在二十世纪，一位不存在的父亲，支撑起这个充满负能量的和谐。

人类在寻找不存在的父亲的同时，也在互相厮杀。

豪尔斯·路易斯·博尔赫斯在讲述着父亲永远存在的同时，自己也成了一位瞎眼的父亲。如果你单纯地认为他是在讲述一个传奇故事，那你肯定不是他忠实的读者。

我们应该了解的是，《家门口的男人》讲述的是安提戈涅式的悲剧，并且就在家中的某个地方上演。

镜子——达利

苍蝇叮人的时候，受到伤害的不仅是皮肤表面，还有身体内部。有时，还会渗透到皱纹里。

——达利《苍蝇礼赞》

我从小就非常讨厌镜子。

不知道为什么，看到镜子里的自己，总会有一种"溺水而亡"的感觉，因此，在观看谷克多执导的影片《奥菲斯》的时候，让·马莱主演的奥菲斯进入镜子的情景，让我不由自主地想：啊，他是不是被淹死了？

不出所料，奥菲斯被吸引到死亡的无限空间，在另一个世界死而复生。

人类被镜子的引力（我并不确定镜子是否真的有引力）吸入后，会忽然之间暴露出自身的两面性。平时没有见过的自己死后的容貌，在镜子的引力作用下，突然出现在自己面前。

人们为了找回自己的容貌，进入镜子之中。勒·克莱齐奥说："这是因为镜子存在着一种敌对的理性支配欲。"其实那是因为他完全不了解镜子的坏心眼。

人们为了夺回自己死去的容貌而跳入镜子，却在不知不觉中迷失在洞穴的最深处。对镜子外面的人来说，感觉到的只是"溺水而亡"，而对被吸入镜中的人来说，却是一场沉重的"梦境之旅"。

我之所以想要讨论达利的构思，源于某个暑假闷热的夜晚，我做的一个梦。

在梦中，一直盯着镜子看的我，眼睛里突然有蚂蚁络绎不绝地爬出来。我感到非常恐惧，梦醒后不停用手抚摸自己的脸，却一只蚂蚁都没发现。我意识到，蚂蚁只是一个梦魇，一个入侵了"镜中的我的脸"的梦魇。

后来，我看到了达利和布努埃尔合作执导的影片《一条安达鲁狗》，影片中有一个从手里爬出蚂蚁的场景，让我非常吃惊。根据布努埃尔的手记，这部影片的构思源于达利的一个梦。影片中的画面是这样的：

一个女人逐渐靠近一个男人，一直看着男人的手。

画面中的手被放大。

在手的中间有一个黑色的洞穴，蚂蚁从洞穴中涌出。

没有一只蚂蚁从手上掉下去。

在这里，我不得不去思考关于那个黑色洞穴的表层与内核的问题。这是与雷蒙德·伯纳德所倡导的"地球空洞说"相悖的主张。达利的世界，充满了对事物表面的质疑。

他的好奇心，正是从揭开表面开始的。比如在《揭开大海皮肤的赫拉克勒斯，希望爱神维纳斯可以晚些觉醒》这幅作品中，一对男女将大海像塑料膜一样揭开。

画中的男人和女人是全裸的，但不知什么原因，他们的脸上没有五官。（或许是达利揭掉了脸的表面，又或许是为了避免人们对脸这个"表面的存在"寄予过分关注，我也不是太理解。）

在这幅作品中，男人揭开了大海的皮肤，女人正在唤醒睡在皮肤下面的一名少年。不知道是女人为了唤醒沉睡的少年，而让男人揭开大海的皮肤，还是女人在皮肤和肌肉之间的空隙中发现了沉睡的少年。这也成了这幅画的一个谜。

达利将那个没有脸的男人命名为赫拉克勒斯，将没有脸的女人命名为维纳斯。而那个沉睡的少年就是爱情。为什么代表爱情的不是少女，而是少年？为了解释这个问题，我们要寻找到语言的源头。（在法语里，l'amour是阳性名词，但在诗中一般是作为阴性名词使用，实际的词性根据所使用的人物的不同而发生改变）。

我对赫拉克勒斯和维纳斯的爱情没有兴趣，因此并不想去探讨为什么"希望可以再等待一段时间"，这幅作品吸引我的是被揭开的"大海的皮肤"。

达利画的"揭开大海皮肤"的作品，还有《为了观察睡在水下的狗，轻轻地揭开大海皮肤的少女》。画中一个十岁左右的全裸少女，像掀开一层透明的地毯一样揭开了大海的表面，在那层"皮肤"之下，一只不死犬在沉睡。

水面对达利而言，就像镜子，引诱人对它的内在产生好奇，想要揭开看一看，就像人们想要扒开镜子去窥视内部一样。

达利对大海内部的窥视，就似那些对镜子的内部拥有好奇心的人，不停地做出揭开水面，即"大海的皮肤"这件事。

简而言之，贯穿达利作品的一条主线就是"对表面的怀疑"。

达利长满胡须的脸上，好像有一层胶质（也就是他的表面），是否可以单纯地理解为，那就是一张名为"皮肤"的存在？

就像超现实主义的代表洛特雷阿蒙伯爵所说的那样，"为了看，每次都要用剃刀割开双眼"。达利也是在揭开现实的网膜后，透过内在进行绘画。所谓"镜子是敌对的理智"，是因为它单纯地映射出了事物的表面，这是一个关于镜子的本质性问题。

达利认为，"不揭开表面"，就无法开始"看"这个行为。我曾在巴塞罗那的酒店大厅和达利见面，在谈到"女人的脸"这个话题时，达利这样说："其实，女人的脸只不过是一个为了拍照而存在的镜头"，"特别是日本女人的脸，完全就是被印刷好的摄影镜头"。

"被印刷"就是没有变化、被复制，或是表情静止的意思。我认为，在达利眼中，"日本人的脸是完全相同的"。我突然想到他创作的一幅叫《梅·韦斯特的肖像》的作品。

这幅画揭开了一位女演员外在的表面，赤裸裸地展现了她的内在。

她的一双眼睛被画成两幅有边框的绘画作品，这并不是"为了看而存在的窗户"，而是作为一幅风景画，必须存在的单纯的装饰物。脸被画成国际象棋棋盘，这也是达利为了讽刺好莱坞电影界的资本理论，故意将梅·韦斯特的脸比喻成了国际象棋。她的鼻子被画成了暖炉，上面放着台式闹钟。

烟囱代表鼻梁，是不是也为了揶揄其沉重的呼吸？整个脸部就是房间，依据亮度判断，大概是上午十点左右。这幅画完成于1934年，在那一年，《可以比喻成一座公寓的梅·韦斯特的脸》充满了阳光。但根据达利的观察，名演员梅·韦斯特的脸，"如果揭开了表面"，不过就是一间只能用来观赏的客厅。达利在1974年（也就是上一幅作品完成后的第四十年）又根据这张脸，重新创作了一幅立体作品。

正好在那个时候，梅·韦斯特在好莱坞复出，并赢得了更多的好评。于是，达利和友人合作，再一次揭开了这位老演员"脸的表面"。但四十年前的阳光早已消失，看起来就像是夕阳西下时的房间。尽管她的脸和四十年前一样，被比作一间公寓，但房间里那种凄凉清冷的感觉，让人在踏进去的那一刻犹豫不决。

如果用一句话来描述达利的美的世界，那就是"通过内部，对表面现象进行持续不断地攻击"。

从手掌内的黑暗之处不断爬出的蚂蚁，侵犯着手的表面。《一条安达鲁狗》的创作背景，就是困扰了达利半生的噩梦——没有任何表象是值得信任的。

达利曾这样写道：

> 我平时都是倒着看报纸的，不是为了阅读内容，只是为了欣赏。

> 咖啡洒到衬衫上，那些不像我这样聪明的人们，下意识的反应是擦干净，而我采取的行动则与他们完全相反。

> 从很小的时候起，我就开始寻找佣人或父母无法掌

控的瞬间,将喝剩下的加了糖和牛奶的咖啡,抹到自己的皮肤和衬衫上。

六点醒来,我做的第一个动作,是用舌头去确认自己嘴唇上的裂痕。

在《天才的日记》中,有很多类似这样的记述。夜里,达利梦到自己的嘴唇干裂,醒来后的第一件事就是确认伤口,而且还乐在其中。舔舐被内部侵犯过的表面,这是快乐主义者达利的后戏。

达利将我送到电梯口时说:"我那台日本产的电视坏了,你认识能修理的人吗?"

我很吃惊,问道:"你也看电视吗?"

达利笑着回答:"当然,因为我从没见过那么优秀的表面。"

我特别想看一看被达利的白日梦侵略的电视画面。被达利的内部侵略的电视节目,比如《夫人,8点半了》,会变成什么样的节目呢?

我并不是从自己的内部听取自己的心声,而是从外部。我希望通过这种方式来给作品命名。

——达利,1953 年

圣鼠之熵——托马斯·品钦

位于百老汇和 34 丁目交叉处的梅西百货店（美国著名的百货店），有人在卖小鳄鱼，一只 50 美分。

纽约的孩子几乎每人都买了一条作为自己的宠物，在孩子之间掀起了养鳄鱼宝宝的热潮。但是很快，孩子们就厌烦了，鳄鱼处理起来又非常麻烦，因此很多人"顺着马桶将鳄鱼宝宝冲走了"。

被冲走的鳄鱼宝宝慢慢长大，然后继续繁殖，吃老鼠，吃垃圾，在纽约市的下水道四处游荡。

下水道里光线昏暗，所以这些鳄鱼基本上都看不到东西。长年不见阳光，让鳄鱼的皮肤变成了白色、白色和水草一样的黑色的混合色，或是满身斑点。

纽约的地下有多少只鳄鱼，已经无法统计。但是有报告说，已经出现了食人鳄鱼。

托马斯·品钦在作品 V. 中描述的这种鳄鱼，到底在比喻什么，值得我们去思考。

可能是大资本主义商业的牺牲品，可能是越南游击战争的幻影，也可能是那些被称作先锋者、抵抗某种文化的活动家，或者是被联想成了包厘街附近的流浪汉。

但是，品钦并不是在这些单纯的意义上来描写这些鳄鱼的。对他来说，不断繁殖的鳄鱼，是疯狂的现代社会外在化的表现，而那些希望"抓捕"鳄鱼的人，则更加的荒诞。

纽约市当局征集"可以拿着枪去击退鳄鱼的志愿者"，应征者是一个一事无成的男人普罗费恩（因为没有其他应征者），因此普罗费恩要进行的是一场孤立无援的战争。

普罗费恩是 V. 这部作品中的主人公，他和所有的事物都无法友好相处。

他的生活是这样的：

> 普罗费恩在闹市区的一个家庭旅馆租了一间非常便宜的屋子。他在住宅区的报刊亭买了一份报纸，直到很晚还在路灯下研究着招工启事。但和以往一样，没有什么适合他的雇主。

普罗费恩非常胖，就像一条臃肿的阿米巴虫，头发剃得长短不齐，眼睛像猪眼一样小，瞳距还非常大。

他是一名筑路工程员，但是整天无所事事，一事无成。

一天早上，普罗费恩很早就醒了，之后就再也没有睡着。他决定出去透透气，打算乘坐42丁目线地铁，像悠悠球一样不停往返于时代广场和中央车站之间。有了这个想法后，他迅速起来冲向浴室，结果却被地毯绊倒。普罗费恩的下颚被剃须刀割伤，他想把刀片从下颚拔出来的时候，又将手指弄伤了。

普罗费恩准备打开淋浴冲掉手上的血，开关却一直打不开。好不容易打开了喷头，水却忽冷忽热，他一会儿喊"好烫"，一会儿喊"好凉"。匆忙中又踩到肥皂滑倒，差点儿摔断了骨头。

将衬衫前后穿反，裤子的拉链要拉十分钟，这个一事无成的男人——普罗费恩，是反英雄的典型代表。

就是这个普罗费恩，在纽约市的下水道，内径只有48厘米的水管里，抓捕那些无精打采的鳄鱼（或许鳄鱼也已经厌倦了继续活下去）。这就像好莱坞的那些粗俗喜剧一样，滑稽又悲哀。拿着枪的普罗费恩，和拿着手电筒的也许是叫哈维的人，他们两个为了寻找鳄鱼，不顾膝盖上沾满污泥，在黑暗中前进。

哈维的手电筒在下水道四处乱晃，偶尔能照见一两只鳄鱼。

被手电筒照到的鳄鱼会突然回过头来，带着一种羞耻和被诱惑的感觉，还有一丝悲哀的味道。

外面在下雨。"在他们身后刚刚经过的下水口，可以清晰地听到连绵不断的细雨落下的声音，就好像有谁在聊天一样，而前方是未知的黑暗。"

一事无成的普罗费恩，和下水道中衰老的鳄鱼的"决斗"，很容易让人联想到美国式英雄亚哈船长和白鲸"莫比·迪克"的"决斗"。

品钦所描绘的，是在纽约文明的重压下，被推到下水道的"亚哈船长"和"白鲸"的对决。曾经的英雄，独脚的亚哈船长这一角色，到了现代，就是那个像悠悠球一样的男人普罗费恩。而莫比·迪克则化身为白色的鳄鱼。

关于他们的那首叙事诗，也不过是一部发生在下水道里的凌乱的喜剧。

> 昨天那场大火，今天去看就只剩下被烧焦的黑色痕迹。

就像诗人三鬼在诗中写的那样，"昨天的大火"和"今天的死亡"，在一瞬间发生了位置的转换。

"前方是未知的黑暗"，无法去描述那个令人伤感的未来构想。

品钦写道，在杂乱化增大的同时，"分化也在消失 (de-differentiation)"。

在 V. 中，除了普罗费恩之外，还有另外一位主人公斯坦西尔。斯坦西尔就像"抄写纸或是没有写字的写字板"，如果不在上面写些什么，他似乎就不存在。但所谓的"存在"，也是根据写字人的不同而发生变化，这是他最大的特点。

赫伯特·斯坦西尔把自己称作"他"，而不是"我"。他站在和普罗费恩不同的角度，一直寻找着那个叫 V 的谜一般的女人。小说的基本模式，即"我 = 主人公"的模式，在品钦的笔下，很随意地就发生了改变，这是杂乱化泛滥的一个普遍现象。"故事"中断后，重新组合，主人公也在不停变化。

比如，向老鼠传教的费尔林神父，认为纽约毁灭之后，可以让老鼠替代人类。"为了整个美国着想"，他希望老鼠可以信仰罗马天主教。后来，费尔林神父住到了下水道堤坝旁，每天钻木取火，吃"烤全鼠"，为了能让自己和老鼠心意相通而不断努力。

老鼠伊格纳修斯反对神父的做法，巴塞勒米和特里萨也赞同它的看法。

神父和老鼠探讨马克思主义（老鼠们开始信仰马克思主义，是希望神父可以想起人类社会的贫困，从而觉得老鼠肉很难吃），简直令人捧腹大笑。

但是，不论是将自己称为"他"的斯坦西尔，不停逃跑的白色鳄鱼，还是像悠悠球一样的男人普罗费恩，或是信仰马克思主义的老鼠，都不是这部小说的中心人物。

所有的骚乱都源于一个不在场的、谜一般的女人，她的名字叫 V。

V. 的译者伊藤贞基在后记中这样写道，熵是热力学和信息理论中的一个概念。在热力学中，熵指的是在一个封闭的系统内，热能从高变低，逐渐平均化的现象。在信息理论上，熵则指的是收集和整理的信息，随着信息量的增加逐渐满溢、混乱，最终无法传递信息。

斯坦西尔没有将自己称作"我"，而是称作"他"，并逐渐变成"大众"和"普通人"。他失去魅力的过程，说明了一个非常重要的问题。

作为个体存在的斯坦西尔，逐渐变成了一个"与他人的区别消失"的人而存在。同样，悠悠球人类普罗费恩也是如此，这些曾经作为个体的人被放置到了熵现象当中。这并不是因为品钦喜欢这类主题，而是现代文学中普遍存在的问题。

在 V. 中出场的人们不停地寻找着主人公 V。V 是一位母亲，一个妻子，一个情妇，在熵现象中存在多重人格。

斯坦西尔一直认为 V 是母亲，但她也是 Veronica 的 V；Victoria 的 V；带着假牙和玻璃假眼，用着象牙梳子，有着蓝宝石肚脐的人造女人V；圣鼠V；Virgin的V；胜利的V；Vagina的V。在混乱中出现了无限的V。

品钦否定了"我=个体的内在"这一神话。与喜欢或不喜欢无关，只是因为大家都处在现代社会。熵的世界观：解谜、消失的浪漫、幻想、怪诞，这些对日常生活的现实性描写，也体现出品钦是当今最有名的科幻作家。

在阅读的过程中，一些地方可笑到让人想要流泪。对这位伤感的黑色幽默诗人托马斯·品钦来说，物质寓意死亡。

看到那个在死亡之间徘徊的悠悠球人类普罗费恩的可笑行为，就好像看到了自己，不由得后背发凉。

其实，那个"他"就是"我"自己。

洛克一直在敲门——维斯康蒂

"尽管年纪小,但我很成熟。我每天都在观察住在一层的那位牙科医生。有一天,牙科医生向我做了暗示……从那以后,我每天晚上都会独自去他那里,为了让我的生活过得更好。至少,一张床上就只睡两个人。"

娜迪亚讲述着她 13 岁时所经历的情景。

与一家人住在低档公寓里,挤在一起睡觉相比,一张床上只睡两个人,对娜迪亚来说,就像做梦一样。

但是,关于牙科医生的话,其实是假的。

对娜迪亚来说,这些话只是为了让她成为一名妓女而编造的谎言。全家人挤在一张小床上的生活,是无法让人拥有梦想和未来的,娜迪亚想把家人都轰出去。

没想到,结果却正相反。

"我喜欢一个人睡觉。因此被家人赶了出来。"

饰演那个嘴上说着希望一个人睡觉,实际上却无法忍受孤独,总是引诱男人上床的娜迪亚的演员,是安妮·吉拉尔多。

娜迪亚并不是《年轻人的一切》(原名 *Rocco e i suoi fratelli*,《洛克兄弟》)这部电影中的重要角色,但不知为什么,电影结束后的很长一段时间,我都无法从脑海中将她忘却。

关于《年轻人的一切》这部电影,有两种不同的看法。第一种是住在意大利南部小镇的这一家人移民到米兰(希望家人团结,因此一起来到米兰),结果因为家人间纠缠不清的关系,使得"梦想"破灭,最终以悲剧告终。

母亲罗莎莉亚既是家族的中心,又是一个象征旧制度、浑身充满泥土气息的人物。如果把她看作是本片的主人公,洛克(阿兰·德龙饰演)和施耐摩兄弟二人,则是为了填补这个家庭的缺陷(父性),不断互相厮杀,成为让人发笑的角色。

在影片中,通过现代意大利社会的现实,卢奇诺·维斯康蒂生动地描绘了"家"的不可能性。但他并不像罗伯特·罗西里尼、维托里奥·德·西卡他们那样,受到意大利式的现实主义文学影响。从他的一系列作品中可以明显感受到,他是在为实现与现代相悖的、神话式的现实主义文学而努力。

另外一种看法是将洛克作为主人公。

尽管洛克排行老三，却是一个大孝子，他为了实现母亲的梦想，不顾一切。他原谅了对恋人施暴的哥哥施耐磨，并替施耐磨犯下的错误赎罪。他为了"家"，成为一名职业拳击手，为了赚钱养家，在赛场上痛击那些自己并不憎恶的对手。他为家庭付出了自己的全身心。

他将家人召集到一起，构想着未来。

"什么时候……也许要花很长时间，但我相信我们一定能回到我们的家乡。如果我做不到，我的兄弟一定可以做到……可能是，嗯，卢卡你小子。"

"但是，我想和你一起回去。"

"卢卡，你要记住，我们的祖国……是橄榄之国，美丽的恋月之国，彩虹之国。你还记得维契吗？那个泥瓦匠。他在盖房子的时候，会朝第一个经过房子的人的影子扔石子。"

"为什么？"

"这是为了让房子的根基更加牢固而举行的一种仪式。"

在洛克的努力下，全家人有了一个好的开始，但因为二哥施耐磨的杀人事件，一切的努力都灰飞烟灭。就像维斯康蒂描绘的那样，善良孝顺的洛克，在现代社会就像一个白痴。

也许维斯康蒂的视角更加关注洛克的二哥施耐磨。"家"被固定的秩序所支配，大家拥有共同的梦想，但梦想最终毁灭。

在电影的最后，洛克自言自语地说："一切的一切，都结束了。"

我从中悟出了现代的《圣经》无法实现的事实，体会到了维斯康蒂对主题天平的把握。这也成了我一生都无法忘记的一部电影。

据说，维斯康蒂的这部电影，受到了出生在米兰的作家乔瓦娜·切奇的作品《吉索尔菲桥》的影响。母亲和"家"要重新树立自己的特权，移民问题，托马斯·曼提到的兄弟关系，以及那些受到《圣经》和陀思妥耶夫斯基影响的人们，都在维斯康蒂的电影里变得鲜活，然后又被抛弃。

对于写过《离家出走的建议》的我来说，从来没有看到过这么让人心痛，让人急切想要回家的作品。《年轻人的一切》是维斯康蒂自己最喜欢的作品，对那些撰写电影史的人来说，也是无法忽略的一笔。

"维斯康蒂先生，您相信神灵吗？"

"比起神灵，我更相信生活，以及人类所做的一切。
我并没有失败，在生活和我自己之间，是永无止境的斗争。

也许对生活来说，我应该立刻去死，但对我自己来说，我还没有到那个时刻，我还要继续奋战。"

"您有没有觉得自己有什么欠缺的地方？"
"当然有，我觉得我欠缺爱情。对我来说，爱某些人，或是被某些人爱着的事情也是有的。但是，那种发自内心想要寻求的爱情，却无处可寻。"

（《无辜的人》摄影期间，杂志社进行的采访）

卢奇诺·维斯康蒂，1906年11月2日出生于米兰的一个名门望族。

我1935年12月10日出生在青森县一个贫困的下等官员之家。我们两个没有任何相似之处，却因为洛克这个共同的"孩子"而心灵相通。

我也许是《家族的肖像》中，穿越老教授大脑的那群年轻人中的一员，也许是构想《年轻人的一切》续集的电影人中的一员。

圆环状的死胡同——费德里科·费里尼

如果让我说出自己最受冲击的作品,我会毫不犹豫地说,文学作品是洛特雷阿蒙的《马尔多罗之歌》,电影则是费里尼的《八部半》。在我二十几岁的时候,遇到了《马尔多罗之歌》和《八部半》,这两部作品成了我创作生涯的转折点。

这两部作品的共同点,都是围绕"记忆"展开的。但记忆并不一定是"发生在作者身上的真实往事"。

在《八部半》中,主人公古依多既是费里尼本人,又好像是完全与他无关的另一个人。费里尼利用古依多的记忆(也就是借助过去的力量),在现实中保护自己。他不断强调"现在",却需要古依多的记忆(也就是过去)保护自己。

在这个圆环状的死胡同中,产生了无数的幻想。

无论是宴会上记者们的"电影论",通灵术,少年时代的咒语 A SA NISHI MASA,还是过着流亡生活的妓女 La

Saraghina，都没有将费里尼从死胡同里救出来的力量。费里尼追逐着古依多这个身份，在家里，在工作中，在充满情欲的床上。

最难回答的问题，其实只是一句简单的"我到底是谁"，古依多始终无法回答出这个问题。

这恐怕是电影史上首次出现登场人物和作者之间如此激烈的碰撞。

在影片的最后，回到少年时代的古依多和魔术师一起指挥费里尼跳舞的场面，就像在悲伤的狂欢中轰鸣。

资本主义社会，就是一个巨大的马戏团。

人们兴奋地观看表演者从网上掉落下来的情形，掩盖自己真实的内心，用一种很亲切的语言呼唤：

"大家拉起手来！准备好了，出发！"

我之谜——雷蒙·鲁塞尔

有段时间，我养了两只乌龟。

一只乌龟的名字叫"问题"，另一只乌龟的名字叫"答案"。因为"问题"的个头比"答案"大很多，来家中做客的朋友们经常会问"'问题'大于'答案'，这是怎么回事儿"。

我会这样回答："问题一定要将答案包含在里面，因此看上去'问题'的个头更大一些。"

在圣米歇尔的后街，有一家我常去的旧书店。在那里，我在一本 *Bizarre* 杂志中，发现了雷蒙·鲁塞尔的旧刊特集，首先引起我兴趣的是一张机械图纸。

这个用手操作，像幻灯机一样的机器，名字叫"阅读雷蒙·鲁塞尔的机器"，是一位叫法西欧的阿根廷人发明的。鲁塞尔在创作长诗《非洲印》的时候曾说，那些插入的语句，数不清的标点，以及那些书名号〈〉《》《《〉》》，他更希望用不同的颜色印刷。法西欧为了实现鲁塞尔的这个愿望,将不同的插入语句印刷成了不同的颜色;为了减少回头翻看时的麻烦,还根据不同情节加了说明用纸,并配上了手动翻书手柄。

先不谈如此费心地设计鲁塞尔的小说,并将其称作"阅读鲁塞尔"是否合适。首先要分析一下,鲁塞尔为什么会如此喜欢"插入语句",这不仅关系到鲁塞尔小说的文体问题,也能解开关于他的思维方式的谜团。

鲁塞尔早期创作的短篇小说TUSMAHAJIKI,描述了在偏远地区上演的一部舞台剧,这部剧并不是首演。

一位男观众为舞台剧写了一首诗,演员在表演的过程中会朗诵这首诗。但读诗的男演员因生病无法演出,于是找来了代演者。这部剧的名字是《红色后脚跟的盗贼》。那首叙事诗的开头是这样的:这是一个关于任何剑都无法刺穿、身穿红色斗篷的怪人的故事。

这个身穿红色斗篷的怪人,爱上了一位漂亮的女人。他假扮成女人的情人,但那个女人拥有一面魔镜——照过两次之后,就会现出原形。女人发现怪人的真面目,夺走了他拥有魔力的斗篷,并在斗篷里缝上了被虫子咬烂的红布。这个时候,真正的情人拿着剑赶来,怪人被那个由代演者饰演的"真正的情人"用剑刺穿身体。

被杀的红斗篷怪人,是代演其情人的男人,同时也是

"只会出演情人的男人的代演的演员"的代演者。因为代替作者发言的演员被赋予了代演者的命运，使得那个饰演情人的代演者，变成了作者的代演者。这部舞台剧中还有一个伏笔——再次上演是为了复原"首演"。

这也体现了鲁塞尔文中那些不断插入的语句和符号，必须要与文章本身结合阅读。仔细品味文中出现的那面魔镜以及镜中映射出的原形，会发现鲁塞尔的文章中充斥了替代品、仿造品、以及虚伪的东西。福柯是这样分析鲁塞尔的作品的，他认为，鲁塞尔十分喜欢用反复的手法，主要是为了和另一个自己进行区分，是为了解开"运用反复揭示另一个自己的缺陷，揭露其妨碍通过代演进行再现"的谜团。

也就是说，"代演者"并不是真正的另一个自己，而是在不停的反复中产生的偏差，这样的理解，足以说明鲁塞尔自身在无限的反复中，最终回归到了偏差中。在这样一个圆环游戏中，通过"代演者"，不知不觉地实现了自身的多重化，"在这个不断反复的过程中，脸分化出了假面"，从而生出了怪异的洁癖症。

我的脑海中浮现出了一部小说中的一个场景。

名誉陆军少将约翰·A.B.C.史密斯，这位"真正的男人"，对机械发明有着浓厚的兴趣。他曾经对降落伞、铁道、追捕人的陷阱、狩猎、海上航行的汽船、在伦敦和南非城市蒂姆布克斯之间定期飞行的热气球等话题，侃侃而谈。对史密斯少将在与基卡普人的战争中的英雄壮举，人们也耳熟能详。但他的经历更像一个谜，存在于每个人不同的想象中。其实，约翰·A.B.C.史密斯既不是"蒙面人"，也不是"藏在月亮中的男人"，却是人们平常说的"谁都无法轻易遇到的人物"。

突然想去拜访他，却看不到他的模样，只能听到声音。过了一会儿，他举起软木做的假肢。他的假手扭曲着，肩部和胸部打着石膏，头上顶着假发，嘴里镶着假牙，眼窝里嵌着假眼，人工的下颚，这就是在机械文明时代被组装而成的人物——约翰·A.B.C.史密斯，也是埃德加·爱伦·坡笔下的一位主人公。但不知为何，会让我联想到鲁塞尔的思维方式。可能是因为鲁塞尔的文章构思也是如此，在无数的插入语句和括号中，从文体延伸到主题，进而又延伸到肉体。

鲁塞尔笔下的人物，不是通过理性接受死亡，而是从一开始就处在死亡之中。无论是那个不会被剑刺穿，穿着红斗篷的怪人，还是《非洲印》中"关于那些年迈掠夺者们的白人信件"的主人公，所有登场的人物，无一例外都饰演着替代者的角色，在不断复制自己的过程中，将自身多重化。但这并非是远离自己，而是逐渐消除"我"这一个体的概念。

也就是说，鲁塞尔带来的冲击性，并不是"一个不存在的实物"，而是通过"不需要实体"的替代角色，在一个圆环内不断地反复。在这个无限的替代游戏中，重复着从起点到终点，永远无法前进的运动。如果说"我就是你"，就会有人回应"你就是我"。这个交换的圆环在无限扩大，于是就有了那些不可思议的事情：化学家用机械演奏音乐；穿着吉普赛服装的怪人指挥蚯蚓演奏西塔琴；穿着男装的美女露易丝让站在肩膀上的喜鹊用机械画画；还有会用嘴模仿很多声音，如汽车的声音、开香槟的声音等的布歇雷萨斯兄弟。这些像被操纵的人偶一样的人物粉墨登场了。

这些由机械来操纵的代演者本身并不存在，只是为了让事物存在而存在的媒介。福柯曾这样写道："他们的作用就是为了让事物继续存在。""是为了保持相似的姿势，保存遗产和王权，让荣光与太阳共存，从而记录下这些事实。""但是，在超越了某个限度之后，为了能够继续维持平衡，就需要让一部分事物通过"。（这既是代演者，即替代品的理论依据，也是为了保护读者和观众在这个闭锁的空间内不会受到侵害，而将闭锁的空间作为相遇的场所而开放。也就是"在一个约束的范围内通过"，这印证了鲁塞尔作品的无限性。）

为了解读，就需要有暗号；为了蒙面，就需要有脸的存在。蚯蚓（像真正的音乐家那样）演奏西塔琴，喜鹊（像寻常的画家那样）用机械画画。在这个不断反复的过程中，就像米歇尔·雷利斯指出的，鲁塞尔拥有的想象力的精髓，被刻成了文字模型。

鲁塞尔的文章之所以难以理解，比如那些现实和虚幻中隐藏的混淆的人偶语言，也许是源于他的自我陶醉（也可以说是同性恋者特有的夸大其词和沾沾自喜）。不管怎么说，小说是按照某种原有的文体撰写的，而剧本则是通过演员的表演来实现的。从这里可以看出，文字模型式思考的原点。

由插入语句、括号、代演者和替代品形成的反复，为了揭示另一个自己的缺陷，为了"妨碍替代品的再现"，就需要否定"替代品"本身。但鲁塞尔只是在其作品中实现了这一理论，却将与作品有密切联系的自身完全割裂开来。

因此，尽管发明了"鲁塞尔阅读机"，却没有发明"鲁塞尔写作机"。鲁塞尔曾经写下《我的某些作品如何写成》，却没有写《我该如何去读那些书》。想必这之间还存在着某种必然联系。

啊，是不是根本就没有解不开的谜团！

脏器交换说——埃德加·爱伦·坡

有一位教授将一只狗放到实验台上，打算将狗的心脏移植到人的身上。

莫斯科大约有四万只狗，这些狗大概都认识《香肠》中的文字，但也仅限于此，再不会其他的知识。因此，即使狗拥有了人的身体，也不会明白自己该做什么。

首先，他需要有一个名字。

"你想起个什么样的名字呢？"

男人整理了一下领带，回答道："波利格拉夫·波利格拉夫维奇。"俄语中的"波利格拉夫"（polygraph）是"复写机"的意思。

这个得到了狗的心脏的人，或者说拥有了人的身体的狗，是俄罗斯作家布尔加科夫笔下的一位主人公，一个器官移植成功者。但是，"将狗放在实验台上创造出一个人，一旦自己觉得不满意，就会亲手毁了这个人，人们将这种行径称作革命"这样的理论，我是不赞同的。当然，在布尔加科夫生活的时代，"将1亿5千万民众比作狗，而将政治领导者比作操刀的教授"，并没有偏离主题。

水野忠夫认为，将狗变成人，用"狗心"去实现"人心"无法完成的革命，再让其变成狗的过程，其实是布尔加科夫对那些没有任何变革意识的教授的强烈讽刺。这种看法着实正确。"想依靠某种科学改变社会历史，在实验过程中却要抛弃历史主体——人类"的倾向，这与当今美国(加利福尼亚州)的"精液银行"所进行的实验，本质上是相同的。

问题的关键在于"本应成为历史主体的人类"的内在。

当然，我们可以将那个进行实验的医生看作布尔加科夫小说的主人公，但重点在于波利格拉夫·波利格拉夫维奇这个人的主体，到底是得到了狗心的人菲利普·菲利波维奇，还是"那条得到了人的肉体的狗"沙利克，实在让人无法判断。当波利格拉夫自称"我"的时候，他身上表现出的主体是非常暧昧的。

换句话说，与"历史"这个本身无目的性的事物相对照，作为主体的并不是人类，而是"通过相互作用关系产生的幻想"，这种认识是水野忠夫的见解中欠缺的。

1935年出生的SF诗人D.M.托马斯，写过一首名为《寻求合适的器官移植者》的诗。

因为交通事故死亡的自己,通过器官移植,获得了别人的肉体(也可以说,通过将自己的器官移植到别人体内而获得重生)。这件事让我们察觉到作者对自身的期望。

> 我看到了,我的身体
> 在一片喜悦的声音中被运走
>
> 我可以看到,火红的,在郊外的住宅区那个方向
> 还未完全升起的太阳的颜色
> 那片住宅区里的其中的一幢房子
> 是我生活的地方
>
> 我可以看到
> 我的妻子正在接电话
> 我可以看到
> 她正在说些什么,并从衣架上取下一件外衣

托马斯写道:"这是一份伟大的捐赠。"在这里,我想彻底阐述一下弗兰兹·卡夫卡的《变形记》。格里高尔·萨姆沙为了"家庭的三角形",将自己完全献给了那个家,恪守着"我"这一主体概念。但在现实中,这种绝对固定化的人生观是不可能存在的。

是让"我"变成一个单纯的容器，还是继续成为"历史的主体"？不会提出这种触及本质的问题的SF，自然也不具备挑战现代文学的力量。

少年时代，我读过埃德加·爱伦·坡的一部短篇小说《被用光的人》，曾产生这样的疑问。

在这部短篇小说中，埃德加·爱伦·坡塑造了约翰·A.B.C.史密斯少将这样一位"堂堂正正的男人"，他活跃在种族战争中，"却是在哪里都找不到的一个并不存在的人物"。

虽然"并不存在"，但确实有这样一个人。

"身高6英尺，有着不凡的容貌""强壮的腰身""充满光泽的头发，黑黑的胡须""说话的声音不高不低，这样的一个人，让人感觉很诙谐"。

但是，他的长腿是软木制成的假肢，用印第安式的头皮接续技术制作的假发，假牙，假眼，假颚，这些全都是人工的。在房间的角落里，有一个奇特的小包，里面会时不时地发出不高不低、很是诙谐的声音，那就是约翰·A.B.C.史密斯本人。但是，那个小包真的是约翰·A.B.C.史密斯本人吗？

换一种方式说，约翰·A.B.C.史密斯这个名字指的是"装东西用的小包"吗？也许这两种说法都是事实，同时也都不是事实。在现代，"寻找自我"和"进行历史的验证"都是徒劳的。

在这个外在泛滥,期待内在的时代,主体究竟是怎样的概念?这是一个值得包括我自己在内的所有人,重新思考的问题。

《猎奇歌》的结构——梦野久作

微笑着跟过来的
另一个我
回头看着夕阳

梦野久作的《猎奇歌》是微笑和颤栗的纠缠。

这并不是因可笑的举动而发出的笑。"微笑着跟过来的／另一个我",并不是久作的分身,而是一个完全未知、不可能的存在。

每次回头都能看到的那个跟在后面的"我",是否和正在吟诗的久作处在同一时间,并没有被明确的描述出来。

这个"我"也许是少年的久作,也许是老年的久作。无论是哪一个,都会让人自然地想象出这样一个画面:背上洒满秋天的斜阳，正在回首的久作，和感觉上十分相似、微笑着的"另一个久作"。

值得思考的是，为什么"另一个我"在笑？

乔治·巴塔耶这样写道：

> 如果生存在微笑中毁灭，那我的自信将变成无知的自信，这也将导致我自身的缺陷。
>
> 谁都不可能永远保持微笑。人在保持微笑的过程中会变得迟钝，微笑仿佛悬在半空中，无法肯定任何事，也无法阻止任何事。

也许，那个"微笑着跟过来的"另一个梦野久作，因为微笑而使自己处于悬在半空中的状态。比起"吊着绳子悬空"，或许"结着冰悬空"的形容更加准确。但如果将"另一个我"替换成《黑暗公使》中那个像赫尔玛弗洛狄托斯一样的美少年乔治，则是错误的。因为美少年处于自我陶醉之中，他的笑是发自内在的。

在那种从胜利感中激发出的豁达情绪中，被封闭住的微笑证明了他的不在场。但是，在这首诗中，不，在《猎奇歌》这部作品集中都随处可见的是，梦野久作笔下让人感觉更加沉重的微笑。也许就像巴塔耶描述的"无知的自信"那样，久作将自己封闭了起来。

久作本人似乎也意识到了这一点。他说:"我对'微笑'是非常恐惧的。"在另一首诗中,他写道:

> 那个痛哭流涕的
> 美丽的未亡人
> 却在便所里偷偷地笑着

我们需要思考为何"偷偷地笑着"。这首诗最不可思议的地方,就是无法确定身为作者的久作到底身在何处。

如果完全按照三十一字体诗的结构,作者就必须在某个地方来观察"在便所里偷偷地笑着"的未亡人。

或是"和未亡人一起进入便所",或是"在便所外窥视未亡人"。但如果思考一下未亡人"偷偷地笑着"的真正涵义,就会觉得和其他男人一起在便所里是多么的难以想象。更加妥当的解释是,作者在察觉到未亡人面具下真实面目的同时,变成了一个"通过洞穴偷窥女子便所"的中年男人,并且没有被未亡人发现。

但是,梦野久作的《猎奇歌》并不像私人文学那样,必须明确写出作者的位置。

就像不能触碰的禁忌,久作将自己的存在与诗中的对象隔离开来,并将这份不幸以冷笑的方式还给了这个世界。

看到便所中的"未亡人"的久作,因为羞耻而将自己隐藏起来。因为久作明白巴塔耶所说的"一个人的幸运,是在侮辱他人的不幸"。

> 神的鼻子
> 溃烂成了鲜红色
> 所以不能让人看到自己的模样

因为溃烂的鼻子而将自己隐藏起来的全知的神,和那个通过墙上的洞穴偷窥女子便所的患有脸红恐惧症的中年男人,这两者之间到底有多大的区别?

两者都有着相同的冰冷笑容,这印证了失去生存场所的梦野久作所处的悬空状态。他的《猎奇歌》站在"红鼻头的神"的立场上进行吟唱,这位中年偷窥男以这种羞耻的告白形式,强迫读者吞下这份疯狂,从而让那份笑容持续不停。

让我们再来看看这首诗:

> 那个痛哭流涕的
> 美丽的未亡人
> 却在便所里偷偷地笑着

这个"美丽的未亡人",可能刚刚失去了丈夫,穿着丧服痛哭流涕,在葬礼上得到了大家的无限同情。

但是,她真实的内心被"红鼻头的神"揭露了。"终于自由了""终于可以和那个做司机的情人正大光明地偷情了",她一个人偷笑着。这既体现了中产阶级中那些为人妻者所缺少的贞洁观,也体现了东京人的堕落。

在责难"在便所里偷偷地笑着"的美丽的未亡人的同时,久作也在纵容自己的肉欲。这个有着非分之想的中年偷窥男的心理,让我想起了威廉·布莱克《格言诗集》中的一节:

我一直依赖着那个已为人妻者
就是为了满足欲望的一面

小心谨慎的久作并没有挑战"各种禁忌",或是"超越神,也就是超越人类无限性的屈辱"(巴塔耶)的勇气。他这样写道:"东京的女人是无拘无束、自由奔放的。""对有好感的异性,会毫无顾忌地搭讪。批判异性,玩弄异性,不喜欢了就一脚踢开说再见。和男人一样喜欢掌控别人。""走路的姿势也和以前不同,不再是向前弓着腰。俗话说'女人弓腰,男人挺胸',而当今社会则是'趾高气昂的女人,趾高气昂的男人'。也许某一天就变成了'女人挺胸,男人弓腰'的风景。"

梦野久作感叹着这个女人趾高气昂的社会，认为造成这种现象的元凶是第一次世界大战。"第一次世界大战提倡尊重人的民族性和个性，产生了打破阶级、反抗压迫的各种主义"，表面上看，这次世界大战解放了一直被束缚和压迫的人，使他们得到了自由。但作为第一次世界大战产物的达达主义，却出现了对邪教崇拜，尊重变态心理的颓废倾向，说是"带领全人类开始产生一种不良倾向"也不为过。

创作了《脑髓地狱》《白发小僧》等作品的梦野久作，抓住了达达主义中尊重变态心理等让人类产生了不良倾向的问题，这确实是一个奇迹。

> 刚刚走过去的那个女人
> 在我的眼前浑身是血
> 一个白昼的幻想
>
> 随着脑海中炸裂的声音
> 似乎什么东西破碎了
> 嘿嘿
> 是我的笑声

这首诗明显可以让人感受到达达主义或变态心理。尽管如此，久作却要否认其中存在的颓废倾向，可能是久作对自己是梦野久作感到了疲惫,已经无法继续维持"这个既不幸福,又无法脱离常轨的单纯的自己"。

所有的事情都开始走向幻灭,就像白日梦的犯罪一样。

梦野久作认为,这是由于自己和神都不在场带来的结果。但是,不管是鼻子溃烂发红的神,还是那个患有脸红恐惧症、在一旁偷窥的自己,都无法将自己的这种姿态呈现在他人面前。羞耻心将他们封锁在押绘①中。

因为神和自己不在场——还有比这更加可笑的理由吗?让空想不受约束地释放出来,无限扩大。

> 流出了白色的乳汁
> 掐断蒲公英的心情
> 可以感受到她用的力量

> 白色红色
> 很多大屁股并排在那里
> 谈论着关于那阿尼菜店的话题

这种色情的妄想可以看作是变态心理(是否真实存在,无法证实),因其恍惚忘我而填补了由微笑衍生出的虚无。

---

①所谓押绘,是用布剪出一块块人或花草的形状,再向布里塞进棉花呈现出立体感后,黏贴上去而成。

这些不能称其为什么体的短歌，其实是为了触碰到久作文学的内在，而给予读者的暗示。我要再次引用巴塔耶的话："尼采所信奉的，在与微笑相连接的同时，也与恍惚间的认识丧失相连接。"

梦野久作从昭和三十年开始创作《猎奇歌》，用了将近十年的时间，终于在侦探小说专刊 *Pulofuiru* 上发表了它。

久作创作的这一系列短歌，并没有拘泥于固定的格式，而是巧妙地运用了小说的变形。所谓的格式规范，是石川啄木创造的二十一音三行的短歌新形式。久作的作品在很大程度上有意识地模仿了石川啄木。比如：

> 希望那些比自己优秀的人
> 都去死
> 一边这样想着
> 一边看着镜子

这不由得让人想起了石川啄木的短歌《看到那些朋友都比我有成就的日子》。

> 那个时候
> 杀人、喝酒

争夺女人的伟大人物
非常让人羡慕

有着一颗盗贼的心
在住着大瓦房的人家里
当守卫

可以明显看出,久作模仿了啄木的文体。这样的短歌并不能吸引我,因为完全感受不到久作的魅力。众所周知,短歌是一种私人文学,创作的前提是第一人称(在短歌中被省略)与作者是同一个人。因此,一个非常重要的问题就是,吟歌之人和内在的真实自我之间的联系。

但是,这个所谓的内在的自我,只不过是"人文主义最后的神话"(宫川淳),而在"人文主义完全破灭"的今天,短歌的私人性,已经失去了它的位置。这就不难理解,为什么宫川淳会说"现代表现概念的失权""自我表现作为最后的神话已经消失"。

久作的短歌在短歌史上并没有什么地位,究其原因,是因为久作的作品中缺少作为核心的内在的自我。

用可以看到无穷尽的望远镜

去窥视

　　看到自己的后背上趴着一只苍蝇

　　就像这首短歌，即使作者的出发点是记录性的写实，但根本不可能发生这种事。（揭起房间里的榻榻米，开始向下不停地挖，可以挖到地球的另一侧。这样写还可以理解。但上面那首短歌，完全没有任何根据，是凭空想象出来的。）

　　这种对毫无意义的东西的关注，使得一直支撑着短歌的私人性的"内在现实"所带有的幻想，被彻底地抛弃了。

　　对久作来说，短歌中的"我"是虚构的。因此，"那些被叙述出来的事件"，并不是每个个体的真实体验。

　　再来仔细想想《猎奇歌》中的久作到底在哪里，应该是在短歌之外的"某处"（或许是透明人，也可能像隐藏起来的神，没有人知道他到底存在于何处）。他既没有"我们"这样的想法，也没有到达无私的通路，只是处于"窥视"的存在状态。

　　犯人的帽子

　　被警察捡了起来

　　然后又被扔掉

　　在一个春天的傍晚

发生了什么案件并不是重点。

重点是，这个警察捡到了犯人的帽子，出现了物证，会使案件变得更加复杂。如果是一位容易感伤的作家，也许会这样写："在这个令人忧郁的春天的傍晚"。

或者可以这样分析，"这个令人舒畅的春天的傍晚，似乎让人拥有了连犯罪都可以不过问的魔力"。但对久作来说，最后一句"春天的傍晚"是可有可无的（可以看作是他为了让整首短歌更加完整，使用了一种抒情式的写法）。为什么会这样说？因为类似的短歌，很少会使用这种描写自然的手法。

在大山深处，复仇者们相互争斗
因为没有其他人存在
他们成了朋友

从这首短歌中不难看出，久作始终通过他的毫不关心和窥视，在笑的同时颤栗着。

的确，久作预见了"人文主义最后的神话"的幻灭。他并没有像大多数诗人那样，将自己禁锢在内在的自我中，再去建构所谓的"我"，而是像那个红鼻头神一样，将自己隐藏起来，守护在某处。但这并不是说他已经从"我"的桎梏中完全解放，获得自由。

"人们总是会问一些诸如'我是谁''我是什么'等没有

希望得到答案的问题,让自己开裂的伤口无法愈合。"(巴塔耶)

> 不知不觉中将心里的想法说出了声
> 自己都吃了一惊
> 因为那种不舒服的感觉
> 又说了一句
> 在蓝天的一角
> 睁开眼睛
> 那个窥视我的为所欲为的家伙

窥视别人的"我",同时也被别人窥视着。这种没有尽头、不断重复的过程,让久作处于一种悬空的状态。那个正在嘲笑自己的家伙,到底是谁?莫非"自己就是笑的本身"?

> 在香肠里发现了一根头发
> 考虑了一下
> 然后吃掉了

夹杂着头发的香肠,就是久作抛给这个世界的谜团。

尽管进行了思考,却没有得出结论。如果说这其中隐藏着什么离奇的事件,那还不如当作没有发现头发而"吃掉它"。

于是久作大口大口地吃掉了香肠。

但是，真的没有被任何人看到吗？

> 看到了不该看到的东西的我
> 皮笑肉不笑地
> 回过头来

也就是说，在久作观察四周，即"自己在做着不想被别人看到的事情"的同时，正被另一个自己注视着。而另一个自己也在"回过头来"的过程中。这个问题像迷宫一样无休止地进行下去。"没有希望得到答案的质问，根本无法让自己开裂的伤口愈合"，久作的苦恼，第一次被赤裸裸地展现出来。巴塔耶这样写道："不断提出疑问，是孤独者的工作。而明确性——透明性——也是孤独者的作为"。

"但是，在透明性中，在无限荣光中，他又否定了作为孤独者的自己。"

> 在黑暗中
> 我和自己互相凝视
> 无法移动

现在,有这样一个男人——《伊势物语》

不知道为什么,每次读到《伊势物语》第六十三节《九九发》的时候,总会被母子乱伦的情节包围。

Tukumo已经九十九岁,在原业平这样写道:"百缺一兮九九发,老妪深情恋我心,面影仿佛兮见出没。"[①]

百岁缺一岁,就是九十九;"百"字去掉一笔,就变成了"白"字。

我觉得这样解释这首短歌也是可以的:对自己的儿子产生恋情的母亲的故事。

将这首短歌放进故事情节中,就充满了性欲的味道,这是美男子在原业平故意让白发女子听到或看到而作的。

---

①此文中出现的《伊势物语》的原文内容,均采用了林文月的译文。

女的便到男家偷窥，赶巧为男子瞥见。

在原业平在对方看不到的地方吟诵这样一首短歌，即使吟出声音，也丝毫不会显得突兀。白发女子躲在心中爱慕的男子的家附近，透过荆棘和灌木丛偷窥那个男子，而男子也觉察到了。"老妪深情恋我心，面影仿佛兮见出没。"在原业平吟唱道，这其中似乎蕴含着对那个"都已经到了这把年纪，居然还会爱上我，而我早已心知肚明"的白发女子的斥责。对这个女人而言，"想去那个男子家中偷偷看上一眼""迫切地想要与那个曾经共寝的男子见上一面"，如果他发现了自己，或许两个人可以重修旧好。

如果女子这样说："拉起袖子想要藏起来，被发现后，却像扑火的飞蛾，也许你会弃我而去吧？"然后靠在男子胸前，会更加自然。但那个女子却没有这样做，被人看穿心思后，慌慌张张地逃走了。最让人觉得不可思议的是，在这之后发生的事情。不知为何，在原业平发现女子逃回家后，"像女的方才所为一般，悄悄躲在一旁偷看"。

白发女子躺在床上喘着气，咏出一首短歌：

铺窄褥兮偏衣袖，
不见恋人自张罗，

今宵独寝兮怨依旧。

这首短歌，是她唱给在原业平听的，还是一个人的独白，单从字面上来说比较难理解，但通过两个人之间已经发生关系的事实来看，就不难理解了。运用了古典短歌形式的第六十三节《九九发》，是《伊势物语》中比较另类的存在。也就是说，两个人互相窥视，其实是为了掩饰"通过自慰而互相刺激"的行为。在这种就像演戏的反复过程中，双方都达到了兴奋。

关于《九九发》中女子的原型，并不是九十九岁的白发老女人，"上了年纪的女人"或许更为贴切。

文中写道："有一个心慕爱情的女子。"所以不能一概而论，说她是个老女人。这样看来，可能是在原业平抱着一种撒娇的心态，将那些上了年纪的好色女人称作"婆婆"；也可能是为了强调她们比较年轻，将"比实际年龄看上去年轻"的女人称作"九九发"。

这位上了年纪的好色女人，已经是三个孩子的母亲，从年龄上来看，肯定已经超过三十岁。三兄弟中年龄最小的老三，拦住了骑马的在原业平，对在原业平说："我的母亲希望和你发生关系。"他能够协调母亲和在原业平之间的关系，并说出这种话，年纪应该不会很小。

最初，我在想，这位"九九发"会不会戴着假发呢？因为在中世纪的欧洲，经常会有一些戴着白色假发的妓女，一边喊着"快来找妈妈吧！"一边拉客，所以我才会这样想。

但是，"九九发"也可能正如文中所写的那样，生满了白发。在现实中，随着年龄的增长，越来越好色的女人也并不少见。之所以说这一节比较另类，是因为关于"九九发"的原型，始终是个未解之谜。

确实，作为在原家族中排行第五的中将在原业平，很难看出他与一位平凡的、有三个孩子的母亲（恐怕是死了丈夫的寡妇）之间会有什么关系。而且，对于那个女人来说，"并不是因为爱慕在原业平才选择他"，而是"只要是年轻的男子，任谁都可以"。在这里可以看出作者的观点，性是独立于人际关系的一种存在。

> 那第三个儿子，则响应道："大概是有好的男人将出现的兆头罢。"这个女子听此，不禁欣喜异常。老三心想：他人哪有什么深切的爱情；得想法子使与那在五中将①相逢才是。

儿子之所以这样说，是在迎合母亲编造的梦境。母亲佯装做梦，间接向儿子诉说了自己"想有个男人"的欲望。

---

① 在五中将，即在原业平的别称。

老三认为，一般的男子配不上母亲，于是选定了美男子在原业平，并说服他和母亲相会。

从整个第六十三节来看，老三的立场是非常重要的。一个男人对另一个男人说："可以和我的母亲上床吗？"后者十分"感动"，然后说："我会和她上床的。"因为母亲的情欲，两个人之间有了联系，并互相体谅。

同时，那个编造了虚假梦境的母亲，让自己的孩子为自己寻找男人，把男人带到自己的家中，让自己的儿子看到，然后自己又从情事中逃跑。这样一位"九九发"的母亲，不是一个感叹词就能形容的，简直让人无言以对。

>世间一般人情，总是爱恋自己所思慕的女子，不爱恋自己所不思慕的女子，然而这位男子却对于无论自己所思慕的或不思慕的女子，都有一颗不愿意显现差别的心哩。

作者对在原业平的这种博爱之心，一半是赞叹，一半是哑口无言。

但是，关于第六十三节，如果只是从"在原业平有奉献精神""是理想男性的代表"来论述，并不妥当。

《伊势物语》中展现出的那种偷来的愉悦的殉教性（也

就是说，无论是为了生殖，还是为了维系"家"，都可能会被色欲所分隔），有的时候甚至都能让自己的母亲成为其中的一员。

无差别地对待，显示了在原业平强烈的好奇心和寻求快乐的意愿，也就是那种恨不得想要和白发母亲发生关系的心态。

也正是这个原因，在原业平像俄狄浦斯那样深陷自我的病态中无法自拔，不断重复着这种恋爱游戏。

  看着那无法用手折断的花枝，直到月亮都隐藏起来。

寻找复仇的父亲——塚本邦雄

　　弑逆旅馆里
　　没过脚的长毛地毯
　　渴望着父亲

让我们来看看塚本邦雄笔下的父亲形象。

在这首短歌中，塚本邦雄将父亲的形象比作"长毛地毯"，这样的比喻与性有关，让人想起了作为雄性动物的父亲形象。"没过脚的长毛地毯"是塚本邦雄渴望父亲爱抚的乱伦欲望的表现，并且贯穿了他全部的文学作品。

那么，这里所说的"父亲"，到底是指塚本邦雄的父亲，还是指已经为人父的塚本邦雄自己呢？

如果是前者，那就是已经过了五十岁的塚本邦雄，仍然爱恋着不在身边的父亲，那种情景多少会让人难以接受。在弑逆旅馆房间的镜子中映照出的塚本邦雄，是少年时代的塚本邦雄，而那个少年所爱恋的父亲，则是现在的塚本邦雄。那种浓烈的自恋情结像乳液一样覆盖了他的全身。镜子中的塚本邦雄，像一个变了形的人，整个身体被分解。那种羞涩和罪恶感，"脚"的愚蠢，在让人觉得好笑的同时，也感到一种沉重的悲伤。

塚本邦雄这样描述他年轻时的生活：

象牙制成的响板上雕刻着花体字
毬男——父亲的名字
没有人知道他去了哪里

不在身旁的父亲，寻找父亲的"我"——最让人意外的是，两者其实是同一个人。在塚本邦雄数十年的短歌创作中，这样的感觉反复出现。

这两首短歌终于让人了解到，在弑逆旅馆里，被塚本邦雄思念着、名字被刻在响板上的四处游荡的父亲，和戴着面具坐在大阪一家贸易公司里勤奋工作的会计——逃亡者毬男，实际上都是另外一个塚本邦雄。只不过，他们处在交错的时空内。为什么可以这样理解？因为塚本邦雄自己早已成为父亲；而在旅馆里渴求着的父亲，是超越了现实生活的父亲，是自己心中勾画出来的父亲的原型。

> 成为一个男人的父亲
> 收获悲伤
> 让年轻人震惊的心

这里的"男人的父亲"和"年轻人",指的就是塚本邦雄本人。

塚本邦雄的短歌具有叙事性和客观性,这是因为他的短歌中总是存在对立,比如对立的父子关系。但他不会站在其中任何一个人的立场之上(相对的,他似乎同时站在了双方的立场之上)。

在这里,如果用弗洛伊德式的分析,就不存在"父亲被杀""和母亲乱伦"这样的事情。只是在笑闹中度过了青年时代的塚本邦雄自身,让人目瞪口呆的内在观察而已。

> 中年男人的眼泪
> 就像醋瓶上那些纵横交错的伤痕

这首塚本邦雄以"不在的父亲"为主题创作的短歌,其实描述的是塚本邦雄的肉身。瓶子、棒子、脚,既象征着塚本邦雄的男根,也是像阿莱夫那样可以映照出全宇宙的圆锥。

在这里，我们可以试着将"父亲"二字全部替换为"我"，短歌中的每一个措辞，都可以让人体会到塚本邦雄掩藏不住的真实心态。

尽管这样的说法过于独断，但我还是想引用一段我最喜欢的作家路易斯·博尔赫斯，在《特隆、乌克巴尔、奥比斯·特蒂乌斯》中那段描写父亲的内容。这是世上并不存在的一本百科辞典，一个虚构的叙述。

> 对于那些诺斯替教派信徒来说，有形的宇宙是个幻影，后者（说得更确切些）则是一个似是而非的理由。镜子和父亲身份是可憎的，因为它使宇宙倍增和扩散。①

而让"宇宙倍增"的这个可以称之为种马的父亲，却是塚本邦雄爱恋的对象。从无论何时何地都不忘记拥护父亲的立场的那一刻开始，塚本邦雄就变成了灵肉分离、充满色欲的犹大。

> 爱着蒙冤的父亲的眼眸
> 那青蓝色的双层信封

---

①此处采用王永年的译文。

作者的这份柔软之心！

如果这份柔软是向别人表达，就堪称是一首完美的抒情诗。但将其中的"父亲"换成"我"，那种感觉就完全变了，"爱着蒙冤的我的眼眸／那青蓝色的双层信封"。

这首短歌让我想起了让·日奈的小说《繁花圣母》中的一节。作为一位"有罪"的父亲，为什么到现在才抗议自己是冤枉的，是何用意？只有作为有罪之人，才能将其提升到日常的现实原则之中，所以塚本邦雄只能站在"那些诺斯替教派信徒"的立场。作为一位父亲，这种为了自己的信仰而献身的本性，在塚本邦雄的心中，也许不是仅仅依靠美就能补偿的。

> 老去的父亲眼中闪现悲伤
> 在黑暗中吃着青梅

> 向着比我们活的更久的肮脏的太阳
> 敬礼的父亲和反刍的牛

面对着这位又老又丑的父亲，塚本邦雄感到羞耻。烦人的邻人在冷眼旁观的同时，也没有忘记对他的赞美。

父亲能倒着举起婴儿
就像拥有无穷力量的牛头怪人弥诺陶洛斯

周六，父亲吃着枇杷
湿漉漉的胡须，就像哈伦·拉希德

雪地里
瘦高的父亲
用自己的尿画出巨大的花体字

塚本邦雄梦中描绘的这个"最棒的男人"，像牛头怪人一样拥有无穷的力量，可以将小孩不费力气地倒着提起来，他又瘦又高，满脸胡须，散发着雄性魅力。但前面讲到的那两首短歌，描述了逐渐变老、惨不忍睹的父亲的模样，也许是塚本邦雄为了报复年轻时的父亲。

我是这样认为的：

为什么这首短歌中登场的"父亲"就必须是指"父亲"呢？塚本邦雄又是如何解释这位"父亲"既不是一个泛指的"男人"，也不是"兄长"的意思呢？

塚本邦雄完全抛弃了父亲和家庭、家族之间的关系。

他在短歌中描写的父亲是完全孤立的，只是作为单纯的雄性动物而存在，并且站在了悲剧的悬崖边缘。这位"父亲"已经完全超越了父亲所拥有的社会性，以及在家庭中所拥有的权威性。塚本邦雄笔下的父亲，并不是相对的存在，而只是一个拥有血肉之躯的符号。

其结果就是，父亲颠覆了自己的人格，带上了神的面具。

> 难道父亲等同于死神
> 或是火一样颜色的长靴

作为存在却不可见的父亲，让可视的宇宙"倍增"——这当然只是塚本邦雄的想象中存在的父亲，在日常的现实生活中是不存在的。

塚本邦雄在短歌中以过去时来讴歌父亲。他在渴望父亲的同时，又感叹父亲的不知所踪，这并不是因为他不知道父亲在哪儿，而是因为这里的父亲在现实中并不存在。

塚本邦雄的文学，因为一个并不存在的父亲而更加充实。但他在无意识之中，衍生出了很多未解之谜。

在这里，我自己尝试了两种解读方法。

其一，像那些泄露别人户籍的社会派推理小说家一样，去讨论塚本邦雄现实中的父亲。对少年时代的塚本邦雄来说，父亲到底是怎样的存在？

塚本邦雄不但描写了父亲的身高、容貌、经济能力等等，还通过自己的内在世界中"父亲的形象"的毁灭和生成，塑造了一个完整的父亲形象。如果将对父性起到补充的其他众多男人的记忆全部整理出来的话，会发现一个意外的事实。比如，为了掩盖"存在的父亲"的阴暗面，不得不将一百个不存在的父亲戴上假面具，这就是我对塚本邦雄的推理。

但是，这过于脸谱化了。塚本邦雄短歌中的"父亲"和塚本户籍上的"父亲"之间，底部没有任何相通的管道。（建立在试图在潜意识领域将二者联系起来的弗洛伊德哲学之上、庸俗化的近代主义文艺批评。）有着弥诺陶洛斯肉体的塚本邦雄的"父亲"，终将堕落成弥补塚本内在缺陷的代替物。我不想采取这种对作者和读者都不会幸福的解决方法。

第二种方法就是把这里的"父亲"看作"大众化的父亲"或"父亲的原型"。

在这个"父亲不在"的现代社会，却总是要求"父亲存在"。在这个没有"父亲"的时代，人们已经疲于讲述需要父亲的政治和宗教原因。

阿瑟·米勒在《推销员之死》中塑造的老推销员威利，可以说是那个时代父亲的典型代表。在他自杀后，也许会出现一位高高瘦瘦，有着巨大男根的新父亲。而在这位新父亲出现之前，就处于"父亲不在"的状态。但是，这位高高瘦瘦，有着巨大男根，留着胡须的牛头怪人真的会出现吗？

除此之外，为什么不是叔叔或伯伯，而一定是父亲？当然，从蒙太奇式的电影角度来讲，比起叔叔或伯伯，父亲的形象更吸引人。但是，塚本邦雄的短歌将父亲的特殊性一般化，使父亲的轮廓暧昧不清。在这里，我们需要将这个模糊不清的"父亲"形象，在现实生活中找出来——那个高高瘦瘦、名叫"毬男"、行踪不明的父亲。

将过于暧昧的父亲形象，从记忆中的父亲拉近成现实中的父亲，这是一种特殊的方法，是必须将高个子的"马里奥"、"不知去向"的父亲寻找出来的"寻人"神话学。

弑逆旅馆是我当时创作的根据地。当初，我对艾略特在《荒原》中提到的主人公和葡萄牙商人发生关系的大都会酒店很感兴趣。为了更好地描述出对血的极度嫌恶与不信任，我特意选择了这间白天和黑夜都十分昏暗的旅馆。在这里，我亲手杀死了自己的父母，嘲笑自己的诞生，诅咒婚姻，执拗地去考证人类繁殖的源头。这也成了我这本歌集中收录的四百首短歌的主题。

《水银传说》后记

塚本邦雄与母亲一起杀死了父亲。在这里，让我感到疑惑的是，为什么父亲总是在被杀的时候，才能得到与母亲相同的待遇？

杀死父亲，与母亲发生关系。母亲带来的这种"令人厌恶的现实"，让塚本邦雄发现自己只是替代了父亲的角色。这样不断反复之后，塚本邦雄就放弃了这种做法。但是，博尔赫斯的反语——"如果把母亲也杀掉，就可以避免这种令人厌恶的繁殖。"真的可以像字面意思那样实现吗？

塚本邦雄曾在《装饰乐句》中写道：

> 就像纯白的雪被黑色的煤玷污一样，平淡无奇的人类生出了平淡无奇的孩子，在这个世界继续生存。

人们以一种无可奈何的姿态，接受了自己父化的事实。

但是，随着对"让人可以看到的繁殖"的厌恶的与日俱增，杀死父亲后，只留下母亲，自己就不得不代替父亲。

> 那些被生出来，但并不幸福的孩子，最终变成了满口白牙、像草食动物的父亲。

塚本邦雄认为繁衍后代是一件不幸的事，为了阻止这个不幸继续下去，就必须杀死父亲。对母亲也需要采取同样的方法。

泡在散发着柠檬香气的澡盆里的母亲，梦到自己杀死了自己刚出生的孩子，再也没有人来喝自己的乳汁了。

"亲手杀死了自己的父母，嘲笑自己的诞生，诅咒婚姻，执拗地去考证人类繁殖的源头"的塚本邦雄，他的想法在这里终于得到实现。但就算是在不可视的世界里杀死了父母，也无法在现实生活中逃离"父亲"和"母亲"带来的桎梏。

被杀死的父亲、母亲，一而再再而三的出现在短歌之中。

爱就是对活着的人的惩罚
夕阳下
罂粟花没过我们的大腿

这个已经成为父亲，并且一直希望成为父亲的男人；这个还没有成为父亲，并且一直逃避成为父亲的男人。

他就是塚本邦雄。

塚本邦雄希望从这个由可视和不可视，空想和现实，记忆和体验，数学理论和性爱所形成的小宇宙中逃出来，却始终被困在这个已经定型的圆环之中，三重，甚至是四重。无论如何都杀不尽的父亲，浑身油光锃亮，并拥有不死之身，他在泳池中游来游去，显露出哺乳动物一样的丑态，却被塚本邦雄的想象所净化。那个瘦瘦高高，留着胡须，不知所踪的毯男，并不是塚本邦雄理想中的父亲形象，而是现实中被修饰的"父亲"形象，也许是为了更加容易协调这个可视和不可视的世界。

塚本邦雄一直作为一位父亲而存在，却一直无法成为一位父亲。这一矛盾，存在于塚本邦雄的世界。塚本邦雄将"父亲"定义为性爱用语，并将父亲与家族、教育、经济等属性的联系分离，因此，他只能在某些方面与父亲相通，落得在单恋中赌上自身的美学宿命。

在塚本邦雄的脑海中，一直隐藏着一位不存在的父亲。无论他用何种方法裁判自身拥有的具有繁殖力的性爱，都无法逃脱自己创造出来的"父亲"的支配，即使将"自己"替换成"父亲"。

> 大头的父亲睡着的时候
> 杰克正在当当当地砍着豆茎树

少年侦探团的同学聚会——江户川乱步

东京有一条叫"中町"的街道，街上有一座叫"家"的房屋，只要在这里见面的超过两个人，人们就会像谈论天气一样，不约而同地聊起怪人"二十面相"①的话题。"二十面相"是一个让人觉得不可思议的盗贼的绰号，他的故事每天都会出现在报纸上。

少年时代的我，一直被"二十进位法"的谜团所困扰。我一直都想不明白，为什么怪人"二十面相"，既不是十面相，也不是一百面相，一定要是二十呢？

但有一点我很清楚，二十绝不是偶然，其中一定蕴含着什么意义。那个时候，我和母亲生活在火灾后临时搭建的房

---

①怪人"二十面相"是江户川乱步的作品《怪人二十面相》中的人物。

子里，唯一的娱乐就是听四管收音机。每周六的晚上，主持人会用他特有的明快声音大喊"二十道门"，之后响起热烈的掌声。

这其实就是一个普通的猜谜节目。每个人有二十次机会，通过推理消失的东西，找出答案。我经常想，二十次回答的机会，和怪人"二十面相"的"二十种变装"之间，是不是有着什么关联呢？

但是非常遗憾，我并没有找到二者之间的关联。

唯一的线索，就是昭和二十年，战争结束后，父亲去世了，我和母亲流离失所。但这些事情应该用什么样的方法联系起来呢？

在江户川乱步的少年时代，名古屋流行着一种叫"藏垃圾"的游戏。由一个孩子画出一块正方形的区域，在其中埋入一些火柴之类的小东西，然后大家一起寻找。这其实就是捉迷藏的缩小版。这个游戏带来的乐趣一直伴随着乱步。他长大成人后，依然会和朋友一起玩类似的游戏，比如在桌子上藏一张名片。

乱步的桌子上经常摆放着书、砚台、烟和烟灰缸等东西。比如，他会将当时比较流行的朝日或敷岛牌香烟的烟芯取出来，然后将名片卷成细细的圆筒状塞到烟里；或是将名片涂成黑色，贴到黑色的盆的背面等。

从这件事上可以看出，自孩提时代起，乱步就喜欢"藏东西"，而对寻找藏起来的东西不感兴趣。

我印象中的捉迷藏，就是去寻找那些藏起来的伙伴，而对乱步来说，则是自己藏到别人看不见的地方，让伙伴们来寻找自己。

侦探小说中"隐藏"的结构，看起来是让侦探寻找藏起来的犯人，其实是作者自己隐藏起来，让读者去寻找答案，所有的谜团都来自作者。

罗伯特·巴尔在一篇短篇小说中塑造了一个老守财奴的形象，他将巨额的金币全部熔化，做成了一片薄薄的黄金板，然后将其嵌进了墙壁里，又在外面贴上壁纸。迪克森·卡尔曾讲过这样一个故事：一副用冰做成的弓箭射中了主人，作为凶器的箭溶化在了主人体内。任何一部小说中所记述的"隐藏的方法"，出处都不是犯人，而是来自作者。

莫里斯·卢布朗在《水晶瓶塞》中，将纸片藏进空洞的假眼里。之后，作家们就开始热衷于"隐藏人类"，所有的内容都是利用想象，引领人们进入犯罪的世界。作家们在书中杀人，并将尸体隐藏起来。比如吃掉尸体的邓萨尼，将尸体藏在墙壁里的爱伦·坡，藏在雪人中的尼古拉斯·布莱克，以及藏在垃圾桶里的江户川乱步。

他们在世界这个大谜团中又虚构出另一个谜团，在现实生活中又创造出另一个现实生活。怪人"二十面相"代表的是乱步自己，这就是乱步"隐藏自己"的精髓所在。

乱步写道："我曾想写人类化身成书的故事。"

《人间椅子》这部短篇小说的构思，也是借助变身的形式来达到"隐藏自己"的目的。关于这个问题，乱步这样写道："人类不会满足于现状。英俊的王子希望自己变成一名骑士，姑娘希望自己变成一位美丽的公主，这其实都是最平凡的愿望。（昭和二十八年"侦探俱乐部"变身愿望）"骑士或王子可以变成一寸法师①，甚至是"人间椅子"，从乱步的写作特点来看，这里的"变身"并不是为了表现，而是为了隐藏。

乱步所谓的隐藏，并不是消失，而是以"一定会被找到"为前提，让人们来寻找藏起来的自己。因此，乱步设置的谜团，会让读者感到喜悦，而不是对读者造成困扰。这只不过是一个游戏，会随着故事情节的结束而落下帷幕。

少年时代的我曾想，这个世界已经有太多的谜团，为什么这些作家还要继续增加谜团的数量？其实，谜团就是由"解谜之人"制造出来的。乱步往往先将自己隐藏起来，然后再设置谜团，实际上他是借助"设置谜团"这一虚构的事件，

---

① 一寸法师是日本童话故事《一寸法师》中主角的名字。故事讲的是一对老夫妇生下了一个拇指大的婴儿，取名为一寸法师，后来变成一位英俊的青年并娶了公主。

去探寻隐藏在事件背后的世界。为了变成可以解谜,找到隐藏的东西的人,这个男人会经常藏起一些不起眼的小东西,引起人们的骚动,然后将眼睛蒙起来找到那些东西。这个甚至连名字都伪装成埃德加·爱伦·坡的男人,比起他自身的谜团,我更感兴趣的是那些他准备要解开的谜团。

博尔赫斯在《永生》的开头,引用了弗朗西斯·培根的话:

> 所罗门说:普天之下并无新事。正如柏拉图阐述一切知识均为回忆,所罗门也有一句名言:一切新奇事物只是忘却。[1]

乱步早已知道事物本身的存在就是谜团,而"那些无法解开的谜团",则不能称为谜团。

因此他将自己伪装成一个普通人,对不明飞行物、超自然现象、心灵感应等现象一笑置之。比如在《和押绘一起旅行的男人》中:

> 这是我的梦吗?如果不是我精神错乱的幻想,那个和押绘一起旅行的男人就一定是个疯子。

---

[1] 语出弗朗西斯·培根《随笔》。

乱步这样写道。但这既不是他的梦，也不是他精神错乱的幻想，而是理性的产物。换句话说，这是根据乱步自己的常识写出的故事。

同样，尽管乱步经常写出类似"让身为作者的我想吐""从常识来看，实在是让人无法相信""难道不是因为什么都不知道，才会产生战栗的恐惧吗"等语句，但这些都隐藏在第三者的观察里，既不是乱步的心声，也不是他的本性。他在这个光怪陆离的书桌上，就像藏一张名片一样隐藏了很多谜团。为了尽量拖延人们解开谜团的时间，他会放进一些没有实际意义的障碍，让读者产生混淆。这很像藏在仓库里的少年，有着既希望不被发现，又希望快点被找到的矛盾心理。

乱步的小说，尽管总是充满了老处男的性欲，但在其深处却有一种无法比拟的亲切感。就像博尔赫斯那样，并不是进去后就无法走出的迷宫，而是有入口就一定可以找到出口、满是鲜花的鬼屋。

乱步用孩子般的声音，在最深处对着要寻找他的百万大众呼唤："快来找我吧，我已经藏好了。"但是，人们找到他之后才发现，由于藏的时间太长，他已经不是当初那个年轻的美少年，成了一个残留着童贞的老人。

我曾经是一个加入了"少年侦探团"，和明智小五郎叔叔在校园的樱花树下做同性恋人的中学生。但我现在已经重新做人，绝不会再被欺骗了。

如果成为乱步设下的谜团的俘虏，就会变得"只能看见鸟在飞，却忽视了鸟身后那片广阔的天空（三好达治）"。

寺山修司年谱[1]

1935年
12月10日（户籍上是第二年的1月10日）出生在青森县弘前市绀屋町，父亲是警官八郎，母亲Hatsu，他是家中长子。

1937年　1岁
由于父亲八郎工作调动，全家搬到五所川原市。患上膀胱结石。

1938年　2岁
父亲调到浪冈署工作，全家搬到浪冈署。

1939年　3岁
父亲工作调动，全家搬到青森市。

1941年　5岁
父亲工作调动，全家搬到八户市。寺山修司开始去幼儿园上学。7月，父亲八郎应征到青森第15连队。母子到青森车站送行，成了永别。母子二人搬到青森市，过上了租房的生活。寺山修司进入圣玛利亚幼儿园。

1942年　6岁
寺山修司进入青森市桥本国民学校。冬天感染了麻疹。

1945年　9岁
7月，母子二人遭遇青森大空袭，所幸没有生命危险。父亲的哥哥寺山义人在古间木（现在的三泽）站前经营寺山餐厅，母子二人租住在餐厅的二楼。寺山修司转学到古间木小学。战争结束后，收到父亲八

---

[1] 此年谱中寺山修司的年龄，按照他户籍上的出生时间开始计算。

郎于9月2日患病去世的消息。母亲开始在美军基地的图书馆工作。

1946年 10岁
母子二人搬到新町，住在美军一间改造后的小屋。母亲因为工作，经常不在家，寺山修司开始自己做饭。他经常读西条八十、岛崎藤村的诗集，或是江户川乱步的作品。偶尔会和伙伴们一直玩到深夜，或是和朋友一起写诗，建立少年侦探团。

1947年 11岁
进入古间木中学。在校刊《古木周刊》上连载自己的小说《绿色的海峡》，参与校刊的编辑工作。

1948年 12岁
母亲离开三泽，到福冈的美军基地工作。寺山修司由在青森市松原町经营"歌舞伎座"电影院的祖父母照顾（母亲的大伯坂本勇三、希恵夫妇）。

9月，转学到青森市立野腋中学，很快开始在校刊上连载小说《夕阳》，还发表了一些短歌。利用活字印刷的《野腋中学报》开始刊登寺山修司的作品。

1950年 14岁
热衷于草地棒球，加入了巨人队少年球迷会。友人京武久美创作的俳句刊登在《京奥日报》上，寺山修司受到刺激，开始专心创作俳句。

1951年 15岁
初中三年级，在 Hamabe 杂志上发表了大量俳句，并在校刊的缀方大会特选作上发表了许多短歌和《星星》。4月，进入青森县立青森高中，加入了新闻部和文学部。参加吹田孤蓬主持的暖鸟会，以及高松玉丽主持的寂光会，并出席俳句会。向《东奥日报》《青森读卖文艺》《青森每日俳句论坛》投稿的俳句也相继发表。秋天，在学校设立山彦俳句会。

1952年　16岁

自己制作自选诗集《红螃蟹》。投稿的范围也从当地报纸扩展到全国，参加全国各地有名俳人组织的俳句会。《学灯》（石田波乡选）、《冰海》（秋元不死男主持）、《七曜》（桥本多佳子主办）、《断崖》（西东三鬼主办）等也都刊登了他的作品。

1953年　17岁

10月，组织全国学生俳句会议，并主办了高中生俳句大会。和京武久美等人一起编辑发行了面向全日本高中生的诗歌刊物《鱼类的蔷薇》。凭借俳句"从厕所仰望天空，啄木的忌日"，以第二名的身份入选《萤雪时代》（中村草田男选）。自选俳句集《浪漫飞行》。这一时期，最喜欢读中村草田男的《银河依然》和雷蒙德·哈第盖的《燃烧的脸颊》，十分喜欢观看母性题材的电影。

1954年　18岁

2月，创办了面向全日本10岁年龄段孩子的俳句刊物《牧羊神》，并担任编辑，因此得到了中村草田男、西东三鬼、山口誓子等人的认可。《万绿》（中村草田男主办）刊登了寺山修司的投稿。进入早稻田大学教育学部国语科国文学科，借住在位于埼玉县川口市母亲的叔父坂本丰治家中。5月，参与北园克卫主办的诗刊VOU。十分喜爱斯宾格勒的《西方的没落》。暑假到奈良旅行，并拜访了桥本多佳子和山口誓子。参与了短歌刊物《荒野》的工作。因中城文子的《乳房丧失》入选《短歌研究》特别作品，受到冲击。第二次投稿，《契诃夫祭》成功入选。但被指出有模仿嫌疑，受到短歌界的非难。母亲由于工作，住在立川基地。

1955年　19岁

3月，因肾炎住进立川市川野医院。5月出院，借住在新宿区高田南町的石川家。这一时期，在大学的诗人会刊《早稻田诗人》和杂志

《风》上，先后刊登了幻想式散文诗群《朱丽叶·波艾姆》。和学友山田太一的交流变得频繁。6月，肾炎再次复发，住进社会保险中央医院，根据《生活保护法》受到救助。和一位叫夏美的绘画系学生交往，之后病情恶化，一度禁止探视。

1956年　20岁
病情没有好转，一直在病床上休养。5月，因诗剧小组"玻璃胡须"要在早稻田大学绿色诗祭上演出，创作戏剧处女作《忘却的领土》。病情缓解后，开始创作短歌。在自撰年谱中写道："读了很多书，如《西班牙战争文献》《洛特雷阿蒙诗集》，以及南北、秋成、卡夫卡的作品。"

1957年　21岁
1月，第一部作品集《五月之歌》出版。7月，神话故事集《赤脚恋歌》出版。

1958年　22岁
6月，第一部短歌集《空之书》出版。病情好转，有时会偷偷溜出医院，跑到新宿的街上闲逛。7月6日出院，回到故乡青森，一段时间后，再次回到东京，住在新宿区诹访町的幸庄。在谷川俊太郎的提议下，开始撰写广播剧。第一次投稿《季奥诺——无法飞翔的男人》（在民间放送祭中获奖）被采用。热衷于赌博和拳击。感动于艾格林的作品《明日不再来》。

1959年　23岁
发表作品《中村一郎》（获民间放送会长奖）。和堂本正树、河野典生、岛冈晨、富冈多惠子等人一起组成诗剧社团"鸟"。第一部剧本《十九岁的布鲁斯》发表于杂志《编剧》。

1960年　24岁
2月，广播剧《大人狩猎》被认为有煽动革命和暴力倾向，受到政府部门调查。与塚本邦雄、冈井隆等人一起创办《极》。7月，戏剧《血，站着睡去》发表于《文学界》，由四季剧团出演。这一时期，经常光顾爵士风格的茶餐厅，喜欢读兰斯顿·休斯的诗集。与土方巽结识。为进行"语言和肉体结合"的尝试，发表了《伪兰博传》和《直立猿人》。导演了实验电影《猫学Catllogy》。担任筱田正浩导演的影片《干涸的湖》的编剧。与松竹女演员九条映子相识。创作电视剧本Q。在《文学界》发表小说《人类实验室》。9月，从早稻田大学退学。

1961年　25岁
结识拳击手Fighting原田，开始撰写拳击评论。搬到新宿区左门町一座独栋公寓，开始和母亲一起生活。文学座剧团上映戏剧《白夜》。在与土方巽、黛敏郎等六人组织的一场前卫聚会中，演出了《猴子饲养法》。在《现代诗》上连载长篇叙事诗《李庚顺》。

1962年　26岁
在人形剧场"Hitomi座"上演《狂人教育》。7月，第二部短歌集《血与麦》出版。撰写广播剧《恐山》，电视剧剧本《鳄鱼》《一匹》。开始在《学生时代》等刊物上连载《离家出走的劝诱书》。

1963年　27岁
4月，与东条映子结婚。搬到杉井区和泉町765号，和母亲分开居住。在大学祭上演讲《离家出走的劝诱书》。在《现代诗手帖》上连载长篇叙事诗《地狱篇》。在纪录片 *Dyna Mic* 中担任主持。经常光顾赛马场。

1964年　28岁
与塚本邦雄、冈井隆等人组织了一批青年歌人，在人间座上演《吸血鬼的研究》。创作了广播剧《鬼婆婆》(获意大利大奖赛第一名)，《大礼服》(获艺术祭鼓励奖) 等。

1965 年　29 岁

广播剧《犬神之女》获得第一届久保田万太郎奖。长篇小说《啊，荒野》在《现代之眼》连载。《魔之年》(出版单行本时改名为《记述棺材岛的试炼》)在《艺术生活》连载。8 月，第三部短歌集《死者田园祭》出版。11 月，开始创办诗评刊物《战后诗》。搬到世田谷区下马居住。电视采访节目《你是……》获艺术祭鼓励奖。

1966 年　30 岁

广播剧 Commet Ikeya 获意大利大奖赛第一名，广播纪录片《早安，印第安》获艺术祭放送记者俱乐部奖，电视剧《催眠曲的由来》获艺术祭鼓励奖。戏剧《亚当和夏娃：我的犯罪学》在人间座上演。在 Asahi Graph 上刊载《街中战场》，在《艺术生活》上刊载《巨人传》，在《话语特集》上刊载《绘本千一夜物语》。1 月，发表了《让大家愤怒吧》。

1967 年　31 岁

为了给电影《母亲们》(获威尼斯电影节最佳短片奖提名)撰写评论，与导演松本俊夫一起走访了法国、加纳和美国等国。与横尾忠则、东由加多、九条映子一起创立戏剧实验室"天井栈敷"。为庆祝实验室成立，先后公演了戏剧《青森的驼背男人》《胖女大山的犯罪》《毛皮的玛丽》《花札传绮》。广播剧《曼陀罗》获艺术节大奖。工作室搬到涩谷区宇田川町松风庄。

1968 年　32 岁

天井栈敷公演《新宿版千一夜物语》《蓝胡子》《伯爵千金小鹰狩掬子的七宗罪》《再见吧，电影》《从母亲的眼睑中研究爱》《抛掉书本上街去》《星星王子》。到美国考察前卫剧的现状。在纽约的 La Mama Coffee 与艾伦斯·图瓦特相遇。广播剧《狼少年》获艺术节鼓励奖。为羽进仁导演的《初恋·地狱篇》撰写剧本。在《现代诗手帖》上连载《作为暴力的语言》，在《思想的科学》上连载《幸福论》。10月，发表《没有谁不思念故乡》。成为赛马Ulysses的马主。

1969年 33岁
为《每日Sunday》做了关于东大斗争的报道。3月，在涩谷成立天井栈敷馆和地下小剧场。《时代驮在马戏团大象的背上》公演。与九条映子分居，搬到松风庄。为卡门真希的歌曲《有时，就像个没有母亲的孩子》作词，取得巨大成功。4月，《寺山修司戏剧集》全5卷开始发行。在德国国际戏剧节上演出了《毛皮的玛丽》《犬神》。戏剧理论杂志《地下戏剧》创刊，担任编辑。为来到日本的艾格林介绍赛马、拳击等。到以色列考察电影界现状。德国演员在德国埃森市立剧场公演《毛皮的玛丽》和《时代驮在马戏团大象的背上》，与美术指导宇野亚喜良前往德国。因与唐十郎发起的状况剧场的演员们发生乱斗事件，被涩谷警察局拘留。

1970年 34岁
天井栈敷公演《瘦弱博士的犯罪》、街头剧《人力飞机所罗门》。担任实验电影《番茄酱皇帝》的导演。在《潮》中和三岛由纪夫进行对话访谈。因赤军绑架事件接受调查。为浅川真希的歌曲《鸭子》等作词。美国演员在纽约的La Mama剧场演出了《毛皮的玛丽》。在芝加哥拜访艾格林，并一起生活了一段时间。与九条映子离婚。主持了力石徹的丧礼。进入《朝日周刊》评选的日本人心中"最让人有共鸣的十位人物"榜单。德语版《啊，荒野》发表。7月，长篇叙事诗《地狱篇》发表。

1971年 35岁
1月，执导了长篇电影《抛掉书本上街去》（获圣雷莫国际电影作家展大奖）。在法国的南溪国际戏剧节上演出了《邪宗门》和《人力飞机所罗门》。6月，在荷兰阿姆斯特丹等地进行《邪宗门》的巡演。

在荷兰Sonsbeek美术馆演出《人力飞机所罗门》。出席鹿特丹国际诗人节并朗诵诗歌。在法国尼斯结识了勒·克莱齐奥，两人整整交谈了两天。去巴塞罗那拜访了达利。与格洛托夫斯基、罗伯特·威尔逊一起被选为南希国际戏剧节的评委。9月，《邪宗门》在南斯拉夫的贝尔格莱德国际戏剧节获得金奖。在《新潮周刊》上连载《人类对人类历史的思考》(后改名为《颠倒的世界史》)。

1972年 36岁
《邪宗门》在涩谷工会堂进行了凯旋公演。在慕尼黑奥林匹克艺术节上公演《奔跑的梅洛斯》。《邪宗门》在汉堡、霍尔斯特布罗(丹麦)、柏林等地巡演。10月，在阿姆斯特丹的米库里剧场公演了《鸦片战争》。

1973年 37岁
在杉并区高元寺东公园公演街头剧《地球空洞说》。在伊朗的波斯波利斯·西拉子艺术节演出《一个家族的血的起源》。参加波兰国际戏剧节，《盲人书简》在布洛瓦夫·博鲁斯基剧场公演。在《新剧》连载《施了咒语的戏剧》，在《路途》连载《新妇化鸟》。6月，发表《射中电影放映师》。

1974年 38岁
1月，在雅典文化中心举办"寺山修司特集"，有诗歌朗诵、电视作品放映、电影放映和《盲人书简》的演出。在渡画廊举办"寺山修司幻想写真展"。制作短片实验电影《罗拉》《蝶服记》等。出席巴黎国际戏剧研讨会，与皮特布鲁克、阿里亚娜·姆努什金等人进行了探讨。12月，电影《死者田园祭》(获艺术节鼓励新人奖)公映。

1975年 39岁
市街剧《敲门》在杉并区阿佐谷附近演出，其间有警察介入。《死者田园祭》在戛纳电影节参展。《疫病流行记》在东京、波兰、比利时、西德巡演。前往英国参加爱丁堡电影节"寺山修司特集"的准备。制作实验电影《迷宫谭》(获奥伯豪森实验电影节银奖)、《疱疮谭》《审判》。在《问题小说》上连载《体育版小镇人生》。1月，发表《花粉航海》。

1976年　40岁
《疫病流行记（修订版）》在东京公演。《阿呆船》在东京和伊朗上演。在加利福尼亚大学放映全部实验电影。《死者田园祭》在比利时和西班牙的国际电影节获得评委特别奖。在 *Paper Moon* 上连载童话《被红线缝起来的故事》。6月，发表戏剧评论集《迷路和死海》。

1977年　41岁
在西武剧场公演《中国那些不可思议的演员》。执导电影《拳击手》。制作实验电影《马尔多罗之歌》(获得里尔国际短片电影节国际批评家大奖)、《橡皮》《二头女——影子的电影》等。将所有的实验电影编辑成"寺山修司全特集"，在西武剧场放映。"寺山修司幻想写真展"在阿姆斯特丹等地巡展。

1978年　42岁
《奴婢训》在荷兰、比利时、西德，以及日本东京等地巡演。在东京公演《身毒丸》《观众席》。作为法国汇编电影的其中一部，担任电影《草迷宫》的编剧和导演。在《新剧》连载《畸形的象征主义》。为东阳一导演的电影《三垒手》撰写了剧本。

1979年　43岁
在西武剧场公演《青色胡须公的城堡》。戏剧《旅鼠——请将我带到世界尽头》公演。7月，在意大利电影节上演出《奴婢训》，之后到佛罗伦萨、都灵和比萨进行巡演。在加利福尼亚大学放映全部电影作品，并进行了解说。因肝硬化在北里大学附属医院住院1个月。

1980年　44岁
5月，在美国南卡罗来纳州的斯博莱特国际电影节演出《奴婢训》，之后在纽约的 La Mama 公演。担任法国电影《上海异人娼馆》的编剧和导演。8月,在为《路地》取材时,因闯入私人道路被逮捕。

1981 年　45 岁
因肝硬化再次住院。戏剧《百年孤独》公演。10月,艺术评论集《月食机关说》出版。

1982 年　46 岁
电影《再见箱舟》在冲绳取景。《奴婢训》参加利贺国际戏剧汇演。9月,诗歌《值得怀念的家》在《朝日新闻》发表。《奴婢训》在巴黎公演,成为本剧最后的公演。12月,《旅鼠——穿墙的男人》成为最后的演出。《报知新闻》发表寺山修司患有不治之症的新闻。开始和谷川俊太郎进行视频交流。电影《再见箱舟》制作完成,由于原作著作权的问题,推迟上映。7月,戏剧评论集《脏器交换叙说》出版。

1983 年　47 岁
绝笔《距离墓地有多少英里?》在《读卖周刊》发表。4月22日,在港区三田的人力飞行机舍陷入昏迷状态,进入杉并区河北综合医院进行紧急救治。5月4日12时5分,因肝硬化、腹膜炎并发败血症在医院去世,享年47岁。5月9日,在青山墓场举行葬礼和遗体告别仪式。墓地位于八王子市高尾陵园。9月4日,遗作《再见箱舟》公映。

1997 年
寺山修司纪念馆在青森县三泽市开馆。

(白石征编辑)

图书在版编目（CIP）数据

　　我之谜／（日）寺山修司著；张冬梅译．——2版
．——海口：南海出版公司，2019.10
　　ISBN 978-7-5442-6792-2

　　Ⅰ．①我… Ⅱ．①寺… ②张… Ⅲ．①随笔－作品集
－日本－现代 Ⅳ．①I313.65

　　中国版本图书馆CIP数据核字(2019)第135140号

著作权合同登记号　图字：30-2017-090

《WATAKUSHI TOIU NAZO　TERAYAMA SHUJI ESSEI SEN》
©Henrik Terayama 2014
All rights reserved.
Original Japanese edition published by KODANSHA LTD.
Publication rights for this Simplified Chinese character edition arranged
with KODANSHA LTD. through KODANSHA BEIJING CULTURE LTD.
Beijing, China.

我之谜

〔日〕寺山修司 著
张冬梅 译

出　　版	南海出版公司　(0898)66568511
	海口市海秀中路51号星华大厦五楼　邮编 570206
发　　行	新经典发行有限公司
	电话(010)68423599　邮箱 editor@readinglife.com
经　　销	新华书店
责任编辑	翟明明
特邀编辑	李文彬　马文富　孙雅甜
装帧设计	朱琳
内文制作	田晓波
印　　刷	北京天宇万达印刷有限公司
开　　本	850毫米×1092毫米　1/32
印　　张	7
字　　数	72千
版　　次	2017年10月第1版　2019年10月第2版
印　　次	2019年10月第2次印刷
书　　号	ISBN 978-7-5442-6792-2
定　　价	68.00元

版权所有，侵权必究
如有印装质量问题，请发邮件至 zhiliang@readinglife.com